Karl Heinrich Ulrichs

Incubus

Urningsliebe und Blutgier

Karl Heinrich Ulrichs

Incubus

Urningsliebe und Blutgier

ISBN/EAN: 9783743370357

Hergestellt in Europa, USA, Kanada, Australien, Japan

Cover: Foto ©Andreas Hilbeck / pixelio.de

Manufactured and distributed by brebook publishing software (www.brebook.com)

Karl Heinrich Ulrichs

Incubus

„Incubus."

Urningsliebe und Blutgier.

Eine Erörterung

über

krankhafte Gemüthsaffection und Zurechnungsfähigkeit,

veranlasst durch den

Berliner Criminalfall v. Zastrow.

Mit 15 Fällen verwandter Natur.

Als Fortsetzung der Schriften von Numa Numantius:
achte Schrift.

Von

Karl Heinrich Ulrichs,

Privatgelehrtem, kön. hannov. Amtsassessor a. D., Verfasser der zu Göttingen und Berlin academischer Preise für würdig erkannten Schriften „de foro reconventionis" und „de pace Westphalica", sowie der Schriften über Urningsliebe „Inclusa", „Formatrix", „Gladius furens" und „Memnon".

Leipzig.
A. Serbe's Verlag.
1869.

„Αὖται μὲν θηριώδεις· αἱ δὲ διά τε νόσους γίνονται καὶ μανίαν ἐνίοις· αἱ δὲ νοσηματώδεις." Aristot. ethic. Nicomach. VII. 5, 3. („Diese" Begierden „sind thierähnlich; andre entstehen bei einigen durch Krankheiten oder durch Geistesstörung; noch andre sind krankhaft.") — „Wo die Fähigkeit freier Willensbestimmung gehindert ist durch einen abnormen psychischen Process, da ist das Individuum psychisch unfrei." Dr. med. v. Krafft-Ebing. (Bl. f. ger. Med. 1864.)

Vorbemerkung 1. Ich veröffentliche diese Schrift als Wort der Wissenschaft für Männer der Wissenschaft. Wer an ihrem Gegenstande Anstoss nimmt, vergisst, dass es sich hier um gar ernste Dinge handelt und dass es Beruf der Wissenschaft ist, absolut nichts unerforscht zu lassen. Wer durch subjectiven Abscheu sich zurückscheuchen lässt von einer Prüfung wissenschaftlicher Fragen, hat dadurch eo ipso das Recht verwirkt, sich einen Mediciner, Juristen oder sonstigen Diener der Wissenschaft zu nennen.

Vorbemerkung 2. Männer, welche in Folge angeborner Natur durch den Zug geschlechtlicher Liebe sich ausschliesslich zu männlichen Individuen hingezogen fühlen, nenne ich Urninge, ihre Liebe urnische, die ganze Erscheinung Uranismus. Der Urning ist ein Naturräthsel. Nur von Körperbau ist er Mann, nicht dem Liebestriebe nach. Sein Liebestrieb ist vielmehr der eines weiblichen Wesens.

Erwachsene Urninge zählt:

das bisherige Gesammtdeutschland etwa 25000;
Oesterreich-Ungarn etwa 25000—28000;
Preussen etwa 10000—12000;
Wien etwa 1000;
Berlin etwa 600—900.

Unter etwa 500 erwachsenen Männern oder 2000 Seelen der Bevölkerung überhaupt findet sich in Deutschland durchschnittlich 1 erwachsener Urning. Städte von 100000 Einwohnern zählen mithin durchschnittlich 50.

Inhalt.

Einleitung.
Erörterung.
I. Verantwortlichkeit für das Vorhandensein des Triebes urnischer Geschlechtsliebe.
II. Verantwortlichkeit für begangene Acte urnischer Geschlechtsliebe.
III. Verantwortlichkeit für in wilder Gier an geliebten Knaben begangene Acte der Grausamkeit.
Anhang.

Einleitung.

I. Es ist eine wahrhaft teuflische Handlungsweise, deren seit dem 17. Jan. 1869 der Landwehrlieutenant a. D. von Zastrow zu Berlin beschuldigt wird und deren er bereits z. Th. überführt zu sein scheint. (Missbrauch zu Geschlechtsacten, Körperverstümmelung, versuchte und vollendete Tödtung, an 2 unmannbaren Knaben verübt. S. unten III.) Es ist nicht meine Absicht, dieselbe irgendwie in Schutz zu nehmen. Gegen eine etwaige Bezeichnung dieser Schrift als einer „Vertheidigungsschrift" muss ich daher von vorn hinein Protest erheben. Wohl aber begehre ich im Namen der Gerechtigkeit, dass dasjenige Recht, welches man andern Angeklagten gewährt, voll und unverkürzt auch ihm zu Theil werde, begehre, dass dasselbe nicht etwa desshalb ihm geschmälert werde, weil er Urning und zwar insonderheit offenbarer Päderast ist. Im Rechtsstaat darf auch der Päderast, der eines Verbrechens angeklagt ist, nicht rechtlos sein.

II. Dass v. Zastrow's Geschlechtsnatur identisch ist mit der Geschlechtsnatur der Urninge, wie ich dieselbe im „Memnon" geschildert, scheint mir, nach allen Notizen die über seine Persönlichkeit in die Oeffentlichkeit gedrungen sind, einem Zweifel nicht zu unterliegen. Die Zeitungen haben von seiner „Rauhheit gegen Damen" berichtet und wie er „von den Frauen sich stets zurückgezogen habe." Das sind eben die Symptome jenes Horrors vor dem weiblichen Geschlecht, welcher jedem Urning angeboren ist. Desgleichen von „der Weichheit des Ausdrucks seiner Gesichtszüge". Dies stimmt überein mit Memnon §. 92. §. 21.

Dgl. von seinem „schattenhaften, katzenartig leisen Auftreten" und seinem „unstäten, unheimlichen Benehmen." Dies ist nichts anderes, als eine halbweibliche, weiche Gemüthsart, welche entweder von Gewissensqualen gepeinigt wird oder tief niedergebeugt ist unter dem Druck von aussen her erlittener Demüthigungen, welche daher neuen Kränkungen, einem gehetzten Thiere gleich, scheu aus dem Wege geht.

Daneben kann die Berliner „Tribüne" v. etwa 25. Januar 1869 — ich constatire es — nicht umhin anzuerkennen: „Nie nahm er ein schmutziges Wort in den Mund."

Vermuthlich ist v. Zastrow weder Mannlings- noch Weiblings-Urning (Memnon §§. 17—20 und §§. 15. 16) rein, sondern gehört zu den Mischlingsnaturen (§§. 21—23). Es scheinen Symptome weibähnlicher und mannähnlicher Urningsart gleichzeitig bei ihm vorzukommen. Zu letzteren gehört die vielleicht krankhafte (s. unten) Neigung zu noch nicht mannbaren Knaben, zu 9—10jährigen, welche bei reinen Weiblingsurningen nicht vorkommen kann. (Memnon II, S. XVI—XIX.) Ohne Zweifel werden gar manche Eigenthümlichkeiten an ihm hervortreten, welche in seiner urnischen Geschlechtsnatur ihren Schlüssel finden werden, sonst vielleicht räthselhaft bleiben würden. So wird berichtet von seiner Vorliebe für geistliche Musik, sowie für Andachts- und Erbauungsbücher. Auch diese Vorliebe entspricht ganz der weichen Gemüthsstimmung gar vieler Urninge, namentlich in Lagen wie die oben bezeichneten. Sicherlich ist sie nicht etwa auf Rechnung von Heuchelei zu setzen. In Deutschland ist der Urning fast stets einsam gestellt. Mit halbweiblicher Gemüthsart begabt, kleben ihm darum, wenn die Jugend entflohen, gar oft Eigenthümlichkeiten an, welche auf's Haar jenen einer einsam gestellten Jungfer gleichen. Gleich ihr ist er in seiner Einsamkeit Haltes und Trostes bedürftig. Gleich ihr sucht er beides gern in der Religion, namentlich nach tiefgefühlten Kränkungen und nun gar bei Gewissensbeängstigungen. Psychologisch dürfte ferner es leicht erklärlich sein, dass bei aufgezwängter geschlechtlicher Entsagung ein weiblich geartetes Gemüth nach Trost und Besänftigung hascht eben in der Religion. Und auch abgesehen von Trost, Halt und Besänftigung wird dasselbe in Seelenstimmungen, wie die geschilderten, gar leicht überhaupt in den phantastischen Sphären des überirdischen sein Element suchen. In weiblichgearteten Gemüthern wohnt aufrichtige Religiosität übrigens nicht selten unmittelbar neben heftiger Liebesbedürftigkeit, ja wollüstiger Sinnlichkeit. Gerade bei Urningen kenne ich davon Beispiele. Begreiflich aber ist es, dass einmal vorhandene Liebesbedürftigkeit oder Sinnlichkeit durch religiöse Schwärmerei und durch Andachtsübungen nicht ausgerottet wird.

III. Dies erwiedere ich zugleich jenen, welchen jüngst die schwärmerische „Frömmigkeit" des Gymnasiallehrers Dr. Preuss zu Berlin eine so willkommene Handhabe bot zu höhnen, als es an den Tag kam, neben seiner Frömmigkeit habe er die schönen jungen Primaner seines Gymnasiums so ausserordentlich lieb gehabt!

Natürlich will ich damit nicht behaupten, der Urning allein verstehe nicht die moderne Kunst, Frömmigkeit zu erheucheln.

Ueberhaupt muss man lächeln, wenn man aus der Vogelperspektive die Parteien beobachtet, wie sie ihre Gegenparteien spiessen und dolchen, sobald in deren Reihen plötzlich einmal ein Urning auftaucht.

Gestatten wir uns eine kleine Abschweifung.

Wie lästerten Kreuzzeitung und „Norddeutsche Allgemeine" auf das „Welfenthum", als bei mir — dem die Annexion Hannovers, von Deutschen gegen Deutsche vollführt, ein nie zu rechtfertigender Gewaltact ist — bei meiner Wegführung nach Minden die preussische Polizei einen Fund gethan hatte: eine ausserordentliche Menge von Papieren über Urningsliebe! Und wie lüstern jetzt die Blätter des Liberalismus, da in den Kreisen eben jener beiden Blätter der fromme Preuss sich plötzlich als Urning entpuppt!

(Die ausdrückliche Erwähnung meines politischen Standpuncts ist eine absichtliche. Wird man nämlich meinen Erinnerungen Gehör gewähren in Berlin, so wird damit bewiesen sein, dass ich zwingende Gründe vorbrachte.)

Das „liberale" „Frankfurter Journal" schlägt seit Jahren jedesmal Capital daraus gegen den Katholicismus, wenn unter den „ultramontanen Geistlichen" ein Urning „entlarvt" wird. So bei dem Pfarrer Hofer in Tyrol 1864 (Memnon §. 135), ferner 1862 bei einem Pfarrer in Lüttich, den ein Schildwach stehender Soldat „sittlich empört" arretirte und der darauf nach Mastricht floh. Die ultramontane „Rheinische Volkshalle" zu Köln machte es 1850 umgekehrt ebenso, als ein liberaler nassauischer Schullehrer, welcher für „religiöse Reform" schwärmte, urnischer Neigungen überführt ward.

Den socialdemocratischen Lassalleaner Dr. von Schweitzer zu Berlin hat, wie notorisch, am 5. September 1862 das badische Amtsgericht Mannheim in eine Polizeistrafe verurtheilt, (s. Inclusa S. 35), weil er im Mannheimer Schlossgarten bei einer unbedeutenden Spielerei mit einem jungen Burschen durch einfache Unachtsamkeit „öffentliches Aergerniss" erregt hatte, d. h. von zwei nicht mehr jungen Frauenzimmern belauscht worden war. Mit welcher Wollust haben seine politischen Gegner dieserhalb Pfeile auf ihn geschossen! Als am 7. September 1867 die democratischen Wähler von Elberfeld-Barmen so viel Reife bekundet hatten, trotzdem, mit 9000 gegen 6800 Stimmen, ihn zum Parlamentsabgeordneten zu wählen, erhob das Witzblatt der bismarckisch gesinnten Bourgeoisie, der „Kladderadatsch", am 13. Oct. 1867 folgendes durchbohrende Zetergeschrei:

„Stimme aus dem Grabe:
Das also ist Socialdemocratie?
Und der ist Anwalt für des Volkes Rechte?
So roth war ich im Leben nie,
Als ich darob im Grabe werden möchte!
      Ferdinand Lassalle."

Wie schön gesagt! Und jetzt, da von Schweitzer als verkappter Anhänger Bismarcks gilt, ist Kladderadatsch gegen ihn stumm und fromm. Dagegen begegnen wir nun in der bismarckfeindlichen „Frankfurter Zeitung" (Nr. v. 21. Febr. 1869) einer Druckfehlerberichtigung in folgender Gestalt:

„Leipzig 18. Februar …… Nicht „formlose" Bursche nannte ich v. Schweitzers Agitatoren für Sachsen, sondern „harmlose". Was habe ich mit ihren „Formen" zu thun? Ich bin ja nicht — — Herr v. Schweitzer!"

Ein „Agitator für Sachsen" braucht nun freilich nicht ein „formosus Alexis" zu sein.

Das interessante bei der Sache ist die naive Unschuld, mit der diese Stimmen, das tugendhafte Kladderadatschgesicht voran, dann jedesmal ihre Augen „sittlich" in die Höhe schlagen, dass man darin lesen kann:

„Ich danke dir, Gott, dass unsre Partei nicht ist, wie diese hier!"

Niemandem wird entgehn, dass die Presse mehr ultramontane, „fromme" oder conservative Urninge denuncirt, als andre. Ob denn die liberale Partei vielleicht gar keinen Urning in ihrem Schoosse birgt, als nur jenen Lehrer, den 1850 die „Rh. Volkshalle" so glücklich in Nassau entdeckte? Man vergisst, dass jene Seite von mehr „Entlarvern" überwacht wird! Die Correspondenten der nationalliberalen und der wirklich liberalen Blätter sind über ganz Deutschland zerstreut. Wer wird so grausam sein, von denselben die Denunciation gegen eignes Fleisch und Blut zu fordern?

Doch nein; der Wage Zünglein schwankt. Die Ultramontanen dürfen Revanche nehmen. Zu Wien, 21. Febr. 1869 Abends, hat ein Artillerist einen Herrn der Polizei vorgeführt, und angezeigt, derselbe habe soeben um ¼9 Uhr im Stadtpark ihn angesprochen und zu einer unsittlichen Handlung aufgefordert; worauf er denselben sofort gezwungen habe, ihm zur Polizei zu folgen. 'Zögernd gab sich der Herr zu erkennen. (Ich folge hier lediglich der Wiener „Presse" vom 24. Febr. 1869.) Es ist Herr Karl Forstner, der erst 25jährige Superintendent der „Unitarier" zu Wien. (Ein Bekenntniss, dem Christus „Mensch" ist und die Bibel „historischen Werth" hat.) Man setzte ihn auf freien Fuss, leitete aber eine Untersuchung ein. Ob der Denunciant nicht auch hier, wie in fast allen Fällen der Art, heimtückisch, um einen Urning denunciren zu können, eine Falle gestellt, ob er nicht gerade seinerseits provocirt hatte? Die Berliner „Zukunft" schrieb hierauf: „Das Beispiel der Preuss, Zastrow und Comp. scheint in Oesterreich zu zünden. Der Superintendent der Unitarier befindet sich in Untersuchung wegen — —

einer einem Kanonier gemachten Liebeserklärung." Sogleich bemächtigte sich des Vorfalls der Wiener „Kikeriki". Die Nr. vom 11. März bringt ein Bild: Scene Stadtpark; Bank; rechts daneben ein Kanonier, links, rasch davonlaufend, ein Herr mit dem Hals-Insigne eines protestant. Geistlichen. Dieser ruft: „Der Artillerist dort will einen unsittlichen Discurs mit mir führen und so etwas kann ich nicht hören. Das geschieht mir hier jetzt schon zum 2ten Mal!"

Kikeri thäte wohl, auch einmal die Gaunerbande der „Rupfer" abzumalen, die eben den Wiener Stadtpark zu ihrem Revier ausersehen haben, um gegen Urninge mit vorgespiegelter Liebe Erpressung zu treiben unter dem Schirm des noch immer nicht beseitigten alten Strafgesetzbuches. Am 3. Februar 1868 hat indess das Wiener Landesgericht doch einen Burschen, den Kellner Joseph Wahli, wegen Erpressung zu 8 Monat Kerker verurtheilt, welcher eben diesem Herrn Forstner im Stadtparke gedroht hatte, wenn er nicht 20 fl. zahle, ihn wegen eines unsittlichen Attentats anzuzeigen. Auf Forstners Verlangen hatte man denselben damals auf der Stelle verhaftet. In der Verhandlung erklärte er, ein Kamerad von ihm habe schon oft und mit Erfolg solche Versuche gemacht, namentlich bei jungen Geistlichen.

(„Presse" vom 24. Februar 1869. Wiener „Tagblatt" vom 4. Februar 1868.)

[In grellem Contrast zu diesem energischen Verfahren gegen einen Rupfer zu Wien, dem noch andre Fälle zur Seite stehn, steht, beiläufig erwähnt, das zweischneidige Vorgehen in Berlin. Ein Urning hatte mit einem Kellner ein Liebesverhältniss angeknüpft. Bei einem Besuche aber, den der Liebhaber dem Geliebten machte, liess dieser in einem Schranke einen dritten lauschen, verabredeten Augenblicks hervorspringen und mit sofortiger Anzeige bei der Polizei drohen, falls er das Schweigen nicht erkaufe. Der geängstigte gab 300 Thaler baar und seine goldne Uhr und musste ausserdem noch einen Wechsel unterschreiben auf 600 Thaler. Dies war ihm doch zu arg. Jetzt ging er zur Polizei: worauf diese — nicht nur jene 2, sondern auch ihn, deren ausersehenes Opfer, verhaftete! (Feb. u. März 1869.) Heisst das nicht, das bedrängte Opfer von aller Schutzanrufung abschrecken, geriebene Rupfer aber trotz alle dem ermuthigen? Heisst das nicht, dem Gesetze, welches Erpressung straft, die Adern unterbinden? (Vgl. Gladius furens, Anhang.) So legt man Gaunern das Handwerk nicht! Die Berliner Zeitungen sagten ganz gelassen: „...... natürlich alle 3 verhaftete"! — In einem andern Falle zu Berlin ward der erst 16jährige Gauner, der hier dem Urning vor dessen Augen frech die Uhr nahm (20. Februar 1869), zwar rasch bestraft, auch der Urning nicht verhaftet, wohl aber dieser durch criminalpolizeiliche Haussuchung belästigt, bei der man 35 Schriftstücke und Bücher, darunter Memnon, ihm abnahm.] Vom Presbyterium ward Forstner am 4. März seines Amtes suspendirt, am 13. März indess die Suspension wieder aufgehoben. — Wer seine Pflichten als Mensch und als Staatsbürger, wer seinen Beruf treu erfüllt, dem sollte, ist er Urning, ein Schurke oder ein beliebiger dummer Junge im Handumdrehen Ehre und Lebensglück über den Haufen stossen können? So war es bisher! Diesem System ist auch dessen Lebensglück, der diese Zeilen schreibt, zum Opfer gefallen: nicht hoffentlich auch seine Ehre. Brav, ihr Herren vom Presbyterium zu Wien, die ihr dem endlich einen Riegel vorgeschoben habt!

Uebrigens ward etwa 1863 bereits ein andrer protestantischer Superintendent einer urnischen Scene mit einem Soldaten bezichtigt, Herr Sarnighausen, Pfarrer zu St. Albani in Göttingen, mein entfernter Vetter. Auf directe Intervention Königs Georg V. veranlasste ihn der Cultusminister, seinen Abschied zu nehmen. Er ging nach Amerika. — Auch ihm musste man ja sein Lebensglück zertreten!

Kaum war dies niedergeschrieben, als das Zünglein sich schon wieder auf die katholische Seite neigt.

Der „Nürnberger Anzeiger" jauchzt, melden zu können (18. März 1869), was die „Zeitung von St. Gallen" berichtet: Der kath. Pfarrer Römeler, Rector der Realschule zu Rorschach am Bodensee, sei wegen „unnatürlicher Laster" in Untersuchung gezogen.

Am 17: Feb. 1869 ward aus dem k. k. Waisenhause zu Wien der Lehrer „Frater Marinus" vom kath. Orden der Schulbrüder, „frères ignorantins", in seine Heimath, bei Augsburg, entlassen. Zwei Waisenknaben, Nicolaus v. Berghof und ein nicht genannter, 9 und 12jährig, haben ihn der „Unkeuschheit" beschuldigt und von ihrem Widerstreben geredet, „ihm in einer gewissen Sache gefüllig zu sein." Noch mehrere der Waisenschüler sollen sich in gleicher Lage befunden haben. (Vgl. aus dem Jahre 1698 die urnischen Liebesverhältnisse des Jesuiten Morell am Jesuitengymnasium zu Augsburg mit seinen 3 jungen Schülern, Graf Ruprecht Fugger-Babenhausen, Graf Anton Fugger-Kirchberg-Weissenhorn und Graf Crafto von Oettingen: Formatrix Note 12.) Frater Marinus soll nach Paris gegangen sein. (Wiener „Tagblatt" vom 11. März 1869 flgde. Wiener „Vorstadtzeitung" vom 13. März flgde.

Wiener „Volksfreund".) Nach „Fremdenblatt" und „Presse" hätte er den Knaben nur dann, wenn sie ihm „gefällig" waren, günstige Zeugnisse ertheilt.

Noch nicht genug! Soeben sendet man mir einen Ausschnitt aus den Münchener „Neuesten Nachrichten", aus einer Nr. von etwa Anf. März 1869. Darin heisst es:

„100 fl. demjenigen, der über die Verführung und moralische Tödtung eines Jünglings durch F. M.... (gegenwärtig in A.......) weitere Belege liefert. Unter U L 99887 an die Exped."

In Münchner und Augsburger Blättern ward im Januar oder Februar 1869 angedeutet: Ein Priester, Secretair des Bischofs von Augsburg, habe mit einem 12jährigen Knaben im Punschzimmer einer dortigen Conditorei Unsittlichkeit verübt. Er sei dabei überrascht und dem Staatsanwalt denuncirt worden. Untersuchung sei indess nicht erfolgt, da der Vater sich weigerte, sie zu beantragen.

(Es bedarf wohl nicht einer Wiederholung der Versicherung, dass ich den Missbrauch unerwachsener Knaben im höchsten Grade für strafwürdig erkläre.)

Auf 1 Democraten, 1 liberalen Schullehrer und 2 protestantische Superintendenten kommen vorstehend also nicht weniger als 5 katholische Geistliche der Jetztzeit.

Nachträglich lese ich Herrn Forstners Entgegnung. („Tagblatt" vom 26. Februar.) Darin heisst es:

„Der Artillerist hat sich mir im Stadtpark zugesellt, nachdem er längere Zeit mir auf dem Fusse gefolgt war. In der Meinung, er verkenne mich, sprach ich ihn an, nachdem er sich unmittelbar vor mir auf eine Bank gesetzt. Es war dies in einem vielbesuchten Theile des Parks. Er begann zu erzählen, er habe bis 11 Uhr Ausgang (es war eben 7 Uhr; Sonntags) und wisse nicht, was in dieser langen Zeit beginnen. Im Stadtpark habe er schon manches interessante Abenteuer erlebt. Er sei begierig, was ihm der heutige Abend bringen werde. Er vermuthe, auch ich werde nicht umsonst den Park aufgesucht haben, der in mancher Richtung Renommee besitze, etc. Da ich bemerkte, dass er mich nicht kannte, wollte ich mich entfernen: als er sich erkühnte, einen Vorwurf gegen mich auszusprechen, ... Ich forderte ihn auf, diese Beschuldigung vor seinem Hauptmann oder vor der Polizei mir in das Angesicht zu sagen; worauf er brutal wurde und auf letzteres einging ... Bevor er zu mir kam, hat ein Civilist ihn auf mich aufmerksam gemacht; wesshalb es sich vermuthlich um eine gemeine Hetzerei handelte oder um eine misslungene Speculation. ... Seit mehreren Jahren besuche ich den Stadtpark täglich und ein solcher Fall kam mir bereits zum zweiten Mal vor."

Die erwähnten Worte des Kanoniers tragen durchaus den Stempel innerer Wahrscheinlichkeit. Das ist ganz die Sprache dessen, der sich anbietet, oder die nachgeahmte dessen, der eine Schlinge legt. In diesem Stück sehn Wien und Berlin einander ähnlich wie ein Ei dem andern. Anderweit wird mir mitgetheilt, der Kanonier Vogler stehe in dringendem Verdacht, zu den „Rupfern" zu gehören; auch habe ihn Forstner bereits militärgerichtlich verklagt wegen Verleumdung. Endlich: Vogler sei Wahli's Vetter! Danach liegt es denn wohl nahe, an Anstiftung aus Rachsucht zu denken. Dem Untersuchungsrichter gingen anonyme Briefe zu voll der ärgsten Schmähungen gegen Forstner. — „Kikoriki" v. 8. April 1869 sagt, unter der Ueberschrift „Rechtgläubige Lehren": „Glaube mein Sohn, dass Superintendent Forstner in den Orden der Schulbrüder tritt."

„Vorstadtzeitung" vom 26. März theilt mit: „Die gerichtliche Untersuchung gegen Marinus ergab, dass die ihm vorgeworfene Handlungsweise theils vollständig entstellt, theils geradezu unwahr."

Am 23. März 1869 hat hieselbst (Würzburg) ein 25jähriger Bursch, als man ihn wegen Bettelns verhaftete, den 60jährigen Pförtner der hiesigen Franciscaner, Valentin, beschuldigt, in einer Räumlichkeit des Klosters ihn urnisch verführt zu haben. Er war nicht wenig erstaunt, dass man, bairischem Gesetz gemäss, in keiner Weise gerichtlich einschritt. Der Staatsanwalt indess, anstatt von der Anzeige einer nicht strafbaren Handlung keine Notiz zu nehmen, nahm — seltsam! — ein detaillirtes Protocoll auf und übersandte es dem Kloster: worauf dieses den Valentin sofort entliess. Er wandte sich an mich. Am 31. März ging ich zum Pater Guardian Herrn Biergans, und stellte ihm vor, wie unbillig es sei, einem hergelaufenen Vagabunden die Macht einzuräumen, durch eine nichtbewiesene Behauptung, die ja doch aus der Luft gegriffen sein könne, einen ordentlichen Menschen im Handumdrehen um sein Brod zu bringen. „Wird man consequent bleiben," fragte ich, „wenn es einem Strolch einmal einfallen wird, dergleichen gegen einen Geistlichen auszusagen?" Auch verwies ich Herrn Biergans auf den Verlauf der Affairen Forstner und Marinus, die ihm neu waren, und auf das Wiener Presbyterium. Was ich erreichte, war ein Achselzucken und ein dem Valentin ertheiltes Lob: bei der Entlassung verblieb es! — Vielleicht konnte aber das Presbyterium eines freisinnigen Bekenntnisses unbefangener handeln, als ein kath. Kloster. Bleibt ja doch alles, was sich freisinnig nennt, von den Infamien der „liberalen" Presse verschont.

Kehren wir nach dieser Abschweifung zu unsrem Faden zurück.

IV. In Beziehung zu v. Zastrow stand ich nie, weder direct noch indirect.

Als im April 1867 der preussische General von Voigts-Rheez meiner ausgesprochnen politischen Rechtsanschauung wegen mich ohne Richterspruch zum Staatsgefangenen machte und auf die Festung Minden führen liess, wurden zugleich (vgl. Memnon II. S. XXXIII) meine sämmtlichen Papiere aus meiner Wohnung in Burgdorf polizeilich hinweggebracht. Darunter befanden sich auch mir zugegangene Verzeichnisse von Londoner, Pariser, italienischen und Berliner Urningen. Das für Berlin, etwa 150 Namen enthaltend, zum Theil sehr hochgestellte, enthielt auch den Namen v. Zastrow.

Einer meiner Berliner Correspondenten hat vor einigen Monaten ihn persönlich kennen gelernt, ihn jedoch, wie er schreibt, „als Schwätzmaul" von dem Kreise der mir näher stehenden absichtlich fern gehalten.

Die Berliner „Börsenzeitung" v. 20. Februar 1869 schreibt: „Offen und mit Vorliebe ergeht er sich in Bekenntnissen und Verherrlichungen seiner Männerliebe, einer Liebe, welche in den vielgenannten Schriften des früheren hannoverschen Amtsassessors Ulrichs zurückgeführt wird auf organische Ursachen und seelische Bedingungen, ohne Einräumung der „Verirrung". Den Inhalt dieser Schriften hat er sich sehr zu eigen gemacht. Dieselben, namentlich „Memnon", wurden auch in seiner Bibliothek vorgefunden." (Meine Schriften wollen die Männerliebe rechtfertigen, nicht verherrlichen; soweit nämlich die Geschlechtsliebe nicht überhaupt verherrlichungswerth ist.)

Dieses sein offenes Bekennen der Männerliebe weckt meine vollste Sympathie. Ebenso sein wahrlich kühnes öffentliches Auftreten zu Gunsten des Dr. Preuss in einem Kaffeehause der Friedrichstadt (von dem die Berliner „Tribüne" vom etwa 25. Januar 1869 erzählt), wobei er „derb unterbrochen" ward. (Natürlich! Wer kann unter dem bisherigen System da etwas andres erwarten als Rohheit!) Unlautere Stimmen werden aus vorstehendem ohne Zweifel entnehmen, wie ich ähnliche Zerarbeitung meiner Worte schon kenne: „Verfasser bekennt unverhohlen seine Sympathie für v. Z.'s Handlungsweise!"

Vor Jahren soll in Berlin ein jüngerer Officier, Urning, von den übrigen Officieren gezwungen worden sein, den Abschied zu nehmen, weil er kühner und ehrenhafter handelte, als sonst die Urninge zu thun pflegen. Liebe zu Weibern zu erheucheln, verschmähte er. Beharrlich vertheidigte er jenen gegenüber die Berechtigung mannmännlicher Liebe. Und jene? Seine Darstellungen beantworteten sie mit der Erklärung, nicht länger mit ihm dienen zu können. Ein Heldenstück! Da war er denn ja widerlegt. Man erzählte es mir 1865. Ich müsste mich sehr irren, wenn man mir nicht den Namen v. Zastrow dabei genannt hätte.

[Einer seiner Verwandten (beiläufig erwähnt), der commandirende General für Westphalen von Zastrow Excellenz, besuchte mich im Officiersarrestzimmer zu Minden, in welchem man mich gefangen hielt, und beehrte mich mit einer ziemlich schroffen, ja drohenden, Anrede politischer Tendenz, in die er die grosse Artigkeit einflocht: „Sie scheinen mir ein gebildeter Mann zu sein." Auf meinen täglichen Spaziergängen hatte mich zuvor nur ein Unterofficier begleitet. Er fügte noch einen Soldaten hinzu, bewaffnet mit Gewehr, aufgepflanztem Bayonnet und 3 scharfen Patronen.]

V. Die Berliner „Börsenzeitung" v. 5. März 1869 brachte folgende von mir unterzeichnete Erklärung:

„.... Man hat anzudeuten gewagt, als seien meine Schriften von der Tendenz getragen, derartige Verbrechen, wie jene, deren v. Zastrow angeklagt ist, zu beschönigen. Auch ist die Furcht hervorgetreten, Urningsliebe sei an sich geeignet zu solchen Verbrechen zu führen. Jene Verbrechen werden von mir, wie von jedem, der bei Verstand ist, verabscheut. Urningsliebe ist in gleicher Maasse angeboren, wie eigentliche Mannesliebe es ist, und führt ihrer Natur nach ebensowenig zu Verbrechen wie diese. Aehnliche Verbrechen wie jene geschehen auch in der Liebe der eigentlichen Männer, sei es bei vorhandner, sei es bei gestörter Zurechnungsfähigkeit."

Erörterung.

Durch diese Einleitung glaube ich den Leser über mein Thema äusserlich orientirt zu haben. Ich stelle nunmehr 3 Fragen. Ich stelle sie nicht sowohl um sie selber zu beantworten, als vielmehr um aufmerksam zu machen auf die Nothwendigkeit sie zu beachten und erst nach sorgfältiger Prüfung sie zu beantworten. Zur Erleichterung dieser Prüfung will ich indess meinerseits einiges Material zusammentragen und auch eigene Erörterungen, jedoch ohne Entscheidung, hinzufügen.

Die Fragen, unter denen ich den Nachdruck auf die dritte lege, wie der Fall es fordert, sind:

I. Ist v. Zastrow verantwortlich für die Existenz seiner geschlechtlichen Neigung zu männlichen Individuen?

II. Ist er es für die von ihm (und zwar an unmannbaren Knaben) begangenen Handlungen urnischer Geschlechtsliebe? Beging er sie im Zustand der Zurechnungsfähigkeit?

III. Ist er es für die Grausamkeiten, die er gelegentlich dieser Geschlechtshandlungen in wilder Gier an geliebten Knaben beging? Beging er sie im Zustande der Zurechnungsfähigkeit?

I. Verantwortlichkeit für das Vorhandensein des Triebes urnischer Geschlechtsliebe.

Für die Existenz seiner geschlechtlichen Neigung zu männlichen Individuen ist v. Zastrow sicherlich in keiner Weise verantwortlich. Selbst die schmähsüchtigsten und ausrottungslustigsten Verfolger der mannmännlichen Liebe sind nach einiger Prüfung zu dem unumwundenen Geständniss gelangt:

> "Diese Neigung sei bei vielen, vielleicht den meisten, angeboren"
> oder doch:
> "in so zartem Alter frühester Kindheit sei der Keim zu ihr gelegt, dass von einer Verantwortlichkeit für ihre Existenz nicht die Rede sein könne."

Ersteres spricht Casper aus, bekannte gerichtsärztliche Celebrität, in seinen "Clinischen Novellen" (v. J. 1863 S. 34; seine Worte sind abgedruckt: Memnon I. S. 32). Letzteres die Ende Jan. 1869 erschienene Schrift: "Das Paradoxon der Venus Urania" (S. 23 unten). Es ist dies eine

Schrift, welche, wie eine Selbstanzeige rühmt, meine Schriften (namentlich Inclusa und Memnon) einer „zermalmenden Kritik" unterwirft, gleichwohl nicht umhin kann, meiner Theorie von dem Angeborensein der urnischen Liebe Zugeständnisse zu machen, welche ihr thatsächlich näher als bis halben Weges entgegenkommen. Der anonyme Zermalmer scheint Professor der Medicin zu sein. (Ich habe Grund, in ihm jedenfalls entweder Geigel zu Würzburg oder Virchow zu Berlin zu vermuthen.) Noch schlagender ist, was ich erst so eben bei Casper lese (Handb. d. ger. Med., Aufl. 4; 1864; I. S. 164):

„Bei den meisten, die der Päderastie ergeben sind, ist diese Neigung angeboren und gleichsam geistige Zwitterbildung. Vor geschlechtlicher Berührung mit Weibern empfinden diese wahrhaften Ekel. Ihre Phantasie ergötzt sich an schönen jungen Männern."

Im „Verein für Psychiatrie und forensische Medicin" zu Wien hat am 31. Oct. 1868 der Professor Beer daselbst auf ersterwähnten Ausspruch Casper's mit Entschiedenheit hingewiesen, sich zugleich stützend auf den Ausspruch des Aristoteles: Ethik VII. 5. (S. unten Abschn. II.)

Es dürfte von Interesse sein, auch folgende Aeusserung zu vernehmen. Es ist die eines sonst unversöhnlichen Gegners der Urningsliebe (eine

Probe davon unten!), der in diesen Worten gleichwohl einen Lichtblick bekundet, wie ich unter den Nichtturningen einem ähnlichen, wenn ich einzig Casper ausnehme, noch nicht begegnet bin. Im Anhang zu seiner Uebersetzung von Aristoteles' Politik sagt 1861 Adolph Stahr:

„Und doch dürfen wir diese Entartung" (Entartung?) „nicht zu hart beurtheilen. War doch diese Knabenliebe, die ganz in den Formen der heutigen Geschlechterliebe, unser Gefühl verletzend, auftritt, — war sie doch das ursprüngliche, ewige Gefühl der Liebe, das, von seiner rechtmässigen Stelle gleichsam vertrieben, an unrechter Stelle sich der Menschennatur bemächtigte." (Ueber „an unrechter Stelle" vgl. Memnon §§. 5. 8 und Formatrix §. 92—94.) Seltsam nur, dass Stahr gar keine Ahnung davon zu haben scheint, dass das ewige Gefühl der Liebe in der Form der Jünglingsliebe auch heute noch tausenden und aber tausenden den Busen schwellt.

II. Verantwortlichkeit für begangene Acte urnischer Geschlechtsliebe.

Ist nun aber der geborne Urning zurechnungsfähig, bez. verantwortlich, rücksichtlich seiner geschlechtlichen Handlungsweise? d. i. rücksichtlich der von ihm an männlichen Individuen begangenen Geschlechtsacte?

Ich will hier lediglich Ansichten von Nichturningen anführen und zur Prüfung verstellen. Dieselben sprechen für vollständige Unzurechnungsfähigkeit, während meine eigene Ansicht keineswegs so weit geht.

In meinen 7 Schriften über Urningsliebe habe ich die Zurechnungsfähigkeit nirgend in Zweifel gezogen, abgesehen natürlich von dem etwaigen Einfluss jener Heftigkeit der Leidenschaft, die im Geschlechtsleben überhaupt vorherrscht, und die in einzelnen Fällen allerdings zu einer Gewalt werden kann, welche als unbezwingbar oder doch als nur äusserst schwer bezwingbar anerkannt werden muss. Aus dieser Heftigkeit habe ich in meinen Schriften aber an keiner Stelle eine vollständige Unzurechnungsfähigkeit abgeleitet. Vgl. Gladius furens S. 28. 29. Dort rede ich nur von geminderter Zurechnungsfähigkeit als einer Folge heftiger geschlechtlicher Leidenschaft, und demgemäss, eintretenden Falls, von einem Strafminderungsgrunde, nicht entfernt aber von einem Strafausschliessungsgrunde. Ausserdem habe ich unmannbaren Knaben gegenüber jede Geschlechtsneigung für krankhaft erklärt, ohne damit indess die Verantwortlichkeit für Handlungen, bezieh. die Zurechnungsfähigkeit, für aufgehoben zu erklären. Memnon II. S. XIX.

In allen diesen Stücken stelle ich des Urnings Liebe auf gleiche Stufe mit der des Dionings, d. i. des eigentlichen Mannes: während die anzuführenden Stimmen ihr gerade im Gegensatz zur Dioningsliebe die Zurechnungsfähigkeit von Haus aus absprechen.

Dahin gehören nun 3 Dioningsstimmen neuesten Datums, und zwar welche sich, seltsam genug, sämmtlich gerade auf Grund meiner Schriften so aussprechen.

1. In der Wiener „Medicinischen Presse" (No. I. v. 3. Jan. 1869, Spalte 22) schreibt ein ungenannter Mediciner, welcher meine Schrift

Memnon einer äusserst heftigen Kritik unterwirft, folgendes:

> "Das einzige, was sich geltend machen lässt, ist in einzelnen Fällen der Zustand der Unzurechnungsfähigkeit, in dem sich der Urning befindet, und für die Ulrichs plaidirt, ohne es zu wissen."

2. Rechtsanwalt und Notar Julius Sussmann zu Schubin bei Bromberg schreibt mir "Schubin 26. Dec. 1868":

> "In Ihrer Schrift" (d. i. Memnon) "sehe ich einen sehr schätzenswerthen Beitrag zur Lehre von der Zurechnungsfähigkeit. Im Interesse der Wissenschaft kann ich es nur bedauern, dass neue Wahrheiten so selten für Wahrheiten gehalten werden."

Hier schalte ich ein, wass mir ein Wiener Dioning, J. Hornung, Philosoph, Anhänger Schopenhauers, schreibt, nachdem er beides gelesen, das zermalmende "Paradoxon" und die Heftigkeit der "Med. Presse." Ueber das Nichtverschmähen unwissenschaftlicher Waffen, dem er an beiden Orten in der Angriffsweise vielfach begegnet, äussert er sich so (Wien 23. Febr. 1869):

> "In der "Med. Pr." hatte ich eine wirkliche Kritik Ihres Memnon erwartet, fand aber ein unwürdiges Machwerk, das mit einer Kritik nichts als den Namen gemein hat. Beim Lesen des "Paradoxon"

übermannte mich endlich so sehr der Zorn, dass ich das Buch in einen Winkel warf. Jetzt habe ich gesehen, was für Gegner Sie haben!"

Auf solche Wirkung, und zwar unter Nicht-urningen, hatte man an beiden Orten wohl kaum gerechnet.

Mir ist es nur um den wissenschaftlichen Inhalt beider Geisteserzeugnisse zu thun.

3. Weit entschiedener, als 1. und 2., erklärt sich der Verfasser jenes „Paradoxon". S. 29 sagt er:

„Wir halten sie" (die seelische Geschlechtsnatur des Urnings) „.... für fixe Idee oder Monomanie. Wo sich ein solcher Grad der Verirrung von den normalen Erscheinungen des gesunden Lebens findet, da sind wir genöthigt, eine Störung, eine Krankheit anzunehmen. Urninge würden wir Geisteskranke nennen, weil bei ihnen geistige Functionen der Störung unterliegen."

Ja, er geht noch weiter. In Memnon wies ich nach, dass selbst in der Körperbildung des Urnings oft entschiedene Abweichungen vorkommen von der des Mannes, und zwar dass dieselbe sich ganz unverkennbar gerade der des Weibes nähere. Auch diese körperlichen Abweichungen flicht er in jene Krankheit hinein. (Dieselben tragen durchaus das Gepräge der Gesundheit!) Er findet in ihnen „einen neuen Beweis, dass es sich um krank-

hafte Zustände des ganzen Menschen handelt."
S. 30 schliesst er Fälle jener Geistesstörung aus von der

„Verantwortung, soweit solche menschlichen Handlungen zugemuthet werden kann;" Gegensatz: dort, wo vorhanden ist „klares Bewusstsein der That als einer excessiven Geschlechtsthätigkeit und Möglichkeit ihrer Bekämpfung durch ethische Motive."

Ohne meine Schriften zu kennen, sagt in seinem Werkchen „Ueber Unsittlichkeit" (1866) Dr. med. Reich:

„Ich halte dafür, dass, wer Päderastie treibt, den Verstand verloren hat und in's Tollhaus gehört." (S. 82.) — „Ohne die körperlich-geistige Anlage dazu wird unter keiner Bedingung der Trieb zur Päderastie erwachen. Diese Anlage aber genauer zu kennzeichnen, kann von der heutigen Wissenschaft noch nicht erwartet werden." (S. 83.) — „Dadurch, dass man jedermann in den Stand setzt, baldmöglichst eine Familie zu gründen, ... und Päderasten entweder in's Irrenhaus schickt oder öffentlich und hart bestraft, dürfte man der Verbreitung des Lasters am sichersten Abbruch thun." (S. 93.)

Einmal also: „hat den Verstand verloren und gehört in's Tollhaus" und dann wieder: „öffentlich und hart bestrafen"; ferner: körperlich-geistige Anlage die Quelle des Triebes und dann wieder die kindliche Zuversicht, durch Heirathsermöglichung den Trieb zu beseitigen! Schwierig ist danach jedenfalls die Frage: wer eigentlich in's Tollhaus gehöre, der Päderast oder wer so tolles Zeug ausgebrütet hat?

Von Wichtigkeit ist übrigens, dass auch Reich die eigenartige Anlage anerkennt als Quelle des Triebes.

Wer den Trieb des Urnings für Erzeugniss krankhafter Gemüthsaffection hält, wird nun zu unterscheiden haben:

a) Wenn den Urning krankhafte Gemüthsaffection zu seinen Geschlechtshandlungen absolut zwingt, so befindet er sich rücksichtlich derselben offenbar im Zustande völliger Unzurechnungsfähigkeit, so kann also auch für seine Geschlechtsacte an unmannbaren Knaben verübt Strafe gegen ihn überall nicht ausgesprochen werden.

b) Eine gemilderte Strafe dagegen allerdings, wenn im Zustande geminderter Zurechnungsfähigkeit, d. i. wenn jener innere Zwang kein absoluter war.

Etwa in der Mitte zwischen den erwähnten 4 Stimmen der Neuzeit und mir steht eine respectable Auctorität des Alterthums, Aristoteles. Einerseits nemlich nennt er den urnischen Liebestrieb einen krankhaften. Andrerseits dagegen scheint auch er doch nur eine geminderte, keineswegs eine völlig ausgeschlossene, Zurechnungsfähigkeit anzunehmen, und zwar rücksichtlich der Geschlechtsacte des Urnings an männlichen Individuen überhaupt. Danach hätten also Acte an Knaben verübt keineswegs straffrei zu bleiben, wennschon sie nur einer gemilderten Strafe unterliegen dürften. Indem ich Aristoteles' sehr bemerkenswerthe Worte hier wiedergebe, muss ich gegen Adolph Stahr's Verfahren protestiren, welcher offenbar bestrebt ist, den alten Herrn der modernen Verfolgungssucht mundgerecht zu machen, und darum in seiner Uebersetzung dessen Worte wimmeln lässt von „unnatürlicher Wollust" und „Unzucht": Ausdrücke, von denen der Urtext auch nicht eine Silbe weiss, ja welche dem Gedanken des Aristoteles direct widerstreiten. Ich überlasse es dem Leser, diese Textesänderungen jenen frommen Fälschungen an die Seite zu stellen, deren ich Memnon I. S. XIV. Erwähnung that.

(Ich bedaure, dass Professor Beer zu Wien sich nicht die Mühe genommen, seinem obengedachten Vortrage den Urtext zur Unterlage zu geben, dass er seinen Zuhörern all jene stahr'schen Interpolationen als Worte des Aristoteles vorgetragen hat!)

Aristoteles, Ethik, Buch VII. Cap. 4. 5. 7.

Cap. 4. § 2: „Von den Dingen, welche Lust verursachen, sind die einen ἀναγκαῖα (nöthigende, zwingende) ..... Zwingende sind die körperlichen. Darunter verstehe ich diese Dinge: τά τε περὶ τὴν τροφὴν καὶ τὴν τῶν ἀφροδισίων χρείαν (was zur Ernährung gehört und was zum Bedürfniss des Liebesgenusses gehört)." Cap. 5. §. 1: „Einige Dinge sind von Natur angenehm, ... andere dagegen nicht, sondern werden es theils διὰ πηρώσεις (Körperverstümmelungen, etwa: organische Körperfehler), theils durch Gewohnheiten, theils διὰ μοχθηρὰς φύσεις (durch verkehrte, fehlerhafte Naturanlagen)." [§. 2. enthält als Beispiel hierfür verschiedene Fälle des Gelüstes Menschenfleisch zu essen.] §. 3. „Αὖται μὲν θηριώδεις. (Diese, nämlich Begierden, Neigungen, sind nun thierisch, nach Art der Thiere.) Αἱ δὲ διά τε νόσους γίνονται καὶ μανίαν ἐνίοις. (Andre, nämlich Begierden, Neigungen, entstehen bei einigen durch Krankheiten oder durch Geistesstörung;) wie bei jenem, der seine Mutter als Opfer schlachtete und ihr Fleisch ass, oder bei jenem Sclaven, der seines Mitsclaven Leber ass. Αἱ δὲ νοσηματώδεις ἢ ἐξ ἔθους. (Noch andre sind krankhaft [d. i. nicht etwa: Folge einer Krankheit, wie oben, sondern: an sich selbst krankhafter Natur] oder aus Gewöhnung entsprungen.) Dahin gehört das Verspeisen der Fingernägel, von Kohlen und Erde. Dahin gehört ferner ἡ τῶν ἀφροδισίων τοῖς ἄρρεσι. Τοῖς μὲν γὰρ φύσει, τοῖς δ' ἐξ ἔθους συμβαίνουσιν· οἷον τοῖς ἐθιζομένοις ἐκ παίδων.

§. 4. Ὅσοις μὲν οὖν φύσις αἰτία, τούτους μὲν οὐδ' ἄν εἴποι ἀκρατεῖς· ὥσπερ οὐδὲ τὰς γυναῖκας, ὅτι οὐχ ὀπυίουσι, ἀλλ' ὀπυίονται· ὡςαύτως δὲ καὶ τοῖς νοσηματωδῶς ἔχουσι τὸ ἔθος. (Dahin gehört ferner die [Neigung] zum Liebesgenuss mit männlichen Individuen. Denn sie finden sich [d. i. die Neigung Erde etc. zu verspeisen und die urnische Neigung] bei diesen von Natur [wie Stahr dem Sinne nach ganz richtig übersetzt: „als angeborne Naturneigung"], bei jenen aus Gewöhnung; wie z. B. bei denen, die von Kindheit an sich gewöhnt haben. §. 4. Alle diejenigen nun, denen die **Natur die Ursache ist, darf offenbar niemand unenthaltsam, ausschweifend, unzüchtig nennen:** ebensowenig wie [man] die Weiber desshalb [wird unzüchtig nennen dürfen], dass sie beim Liebesgenuss nicht activ sich verhalten, sondern passiv. Ebenso ist es auch mit jenen, welche krankhaft behaftet sind aus Gewöhnung.)" [Die Herbeiziehung der Natur der Weiber ist etwas ganz ähnliches, als wenn ich sage: (Vindex §. 20. Memnon §. 58.): von der Henne ist nicht zu verlangen, dass sie lebendige Junge gebäre, und von der Kuh nicht, Eier zu legen.]

Cap. 7. §. 6: „Wohl aber ist der ein Gegenstand unsres Tadels, der sich überwinden lässt von solchen Lustempfindungen, denen die meisten zu widerstehen fähig sind; vorausgesetzt, dass nicht fehlerhafte Naturanlage oder Krankheit daran die Schuld trägt, wie z. B..... oder wie das weibliche Geschlecht geartet ist im Verhältniss zum münnlichen."

Hienach formuliren wir die Frage:

„Ist v. Zastrow rücksichtlich seines geschlechtlichen Verkehrs mit unmannbaren Knaben zurechnungsfähig? bezieh. ist seine Zurechnungsfähigkeit in erheblichem Grade gemindert? und zwar gemindert aus einem der Gründe, welche von den 4 wiedergegebenen Stimmen, oder welche von mir geltend gemacht werden?"

Nach dem vorgetragenen dürfte diese Frage doch einer Prüfung werth sein.

Wenn ich meines Orts geneigt bin, jede geschlechtliche Neigung zu unmannbaren Knaben für krankhaft zu halten, für μοχθηρά φύσις, für etwas νοσηματῶδες, so übersehe ich dabei nicht, dass Neigung zu unmannbaren Individuen auch auf Dioningsseite vorkommt. Aber auch hier dürfte sie krankhaft sein.

(Fall 1.) Ich kannte 1856 in Mainz einen jungen Dioning aus Montjoie, V. H., 22 J., welcher, wie er mir wiederholt eingestand, zu ganz kleinen Mädchen die leidenschaftlichsten Triebe empfand, während erwachsene ihn gänzlich oder fast gänzlich kalt liessen. Er zeigte mir eine Kleine von 6—7 Jahren, die ihn in dieser Weise aufregte. Schon seit Jahren hatte er ebenso gefühlt. Hievon abgesehen, habe ich etwas krankhaftes nie an ihm wahrgenommen, weder geistig noch körperlich. Er war ein durchaus ehrenhafter Character. Später musste ich hören, diese Leidenschaft habe ihn über den Ocean getrieben. Einer Criminaluntersuchung sei er aus dem Wege gegangen.

Gegenüber der Annahme einer Krankhaftigkeit übersehe ich indess nicht, dass einen übersättigten alten Sünder von Dioning vielleicht ein ganz junges Mädchen noch wird reizen können. Vorzugsweise hieher dürfte wenigstens zu zählen sein, dass die Prostitution grosser Städte auch das jugendlichste Alter nie verschont hat. Darüber klagt schon Justinian in einem Keuschheitsedict v. 1. Dec. 535 („sancimus, omnes, secundum quod possunt, castitatem agere"), das er dem Herrn darbringt zum süssen Geruch („haec sacra nostra lex, domino Deo oblata pro alio quodam suavitatis odore"). Er sagt nämlich (Novelle 14): „Agnovimus enim, ... aliquos sic scelestos existere, ut puellas nec decimum agentes annum ad periculosam deponerent corruptionem."

In seinem „Handbuch der gerichtlichen Medicin" (4. Aufl. 1864) erwähnt Casper (Bd. I., Fall 95—100) eines Portiers und eines Lehrers, welche an Kindern unzüchtige Handlungen verübt hatten (Reibungen und Reizungen der Genitalien derselben): der Portier an 5 Knaben, der Lehrer an 2 Knaben (5jähr. und 6j.) und an 3 Mädchen (6j., 7j. u. 9jähr.)!

Im Febr. 1869 verurtheilte das Schwurgericht der bairischen Oberpfalz den Lehrer Böller von Neumarkt zu 4j. Zuchthaus, weil er ein 4j. Kind (Knabe? Mädchen?) missbraucht hatte!

Casper hat 218 weibliche Individuen untersucht wegen gegen sie verübter Nothzucht und Unzucht. Darunter waren (a. a. O. S. 117):

über 14 Jahr alt nur 25
unter 14 J. 193
unter 10 J. 124
von 7 – 10 J. 83
von 2½ – 3 J. 6

Ferner erzählt er (a. a. O. Fall 94) ein Seitenstück zum Fall Schlehaider (Memnon II. S. XVII). Ein kräftiger, aber kaum erst mannbarer, Bauerbursch von 14¹/₂ Jahren habe bei einer Beschäfftigung auf dem Felde einen 8j. Knaben verführt. (Und zwar, wie Casper selbst hervorhebt, um einen gar geringen Preis: „gegen das Versprechen eines Butterbrots." Fürwahr, hätte Propertius den Fall gekannt, schwerlich würde er geschrieben haben:

„Felix, qui viles pomis mercaris amores!")

Es ist möglich, dass keinerlei Unzurechnungsfähigkeit sich bei v. Z. herausstellen wird rücksichtlich seines mit Knaben gepflogenen geschlechtlichen Verkehrs. Auch dann kann er sehr wohl beschränkt zurechnungsfähig oder völlig unzurechnungsfähig sein rücksichtlich der gelegentlich dieses Verkehrs an den geliebten Knaben verübten Grausamkeiten.

III. Verantwortlichkeit für an geliebten Knaben begangene Acte wilder Grausamkeit.

Die Handlungsweise, deren sich v. Z. an 2 Knaben mehr oder minder verdächtig gemacht hat, ist folgende:

I. Knabe Emil Hanke, 9jährig, nach neueren Angaben erst 6jährig. Zeit der That 17. Jan. 1869; Ort Berlin, auf dem Boden des Hauses Grüner Weg 45.

a. Missbrauch zu Geschlechtshandlungen.

b. Er soll dem Knaben in's Gesicht gebissen haben. Das Gesicht mit den Bisswunden liess der Untersuchungsrichter, Stadtgerichtsrath Johl, photographiren, v. Zastrow's Gebiss dagegen in Wachs abformen, beides zur Herstellung eines Sachverständigenbeweises.

c. Körperverstümmelung; ihm die Testikel abgeschnitten.

d. Verübtes Drosseln des Halses; wovon der Knabe noch Spuren trug. In welcher Absicht?

ihn am Schreien zu hindern? ihn zu tödten? demnach Mordversuch? oder ohne bestimmte Absicht, nur aus wilder Gier?

e. Er soll ihn mit dem Kopf in eine Ofenröhre gesteckt haben. In welcher Absicht? ihn zu ersticken? Aufgefunden wurde der Knabe wimmernd und halb bewusstlos. Man brachte ihn in's Krankenhaus Bethanien. Einige Wochen blieb er dort, gefährlich erkrankt.

II. Knabe Corny, 15jährig; 1867; auf einem freien Platze bei Berlin.

a. Missbrauch zu Geschlechtshandlungen.

b. Körperverstümmelung u. Mord. Corny's Leichnam fand man im nahen Bach, in der Panke. Ob der Befund ergeben, der Tod sei durch Ertränkung erfolgt, oder ob man Messerschnitte am Halse, Dolchstiche etc., gefunden oder gar ebenfalls Spuren von Erdrosselung, ist mir nicht bekannt geworden. Dagegen waren hier die Geschlechtstheile ganz und gar abgeschnitten. Die abgeschnittenen Stücke waren auch nirgend aufzufinden. Dieses Falles bemächtigte sich sogleich das Gerücht und schmückte ihn mährchenhaft dahin aus: den Körper Corny's habe man gefunden — wie einst zu Colchis den des Absyrtus! — in kleine Stücke und Streifen zerschnitten und zerstreut. Wohl aber war derselbe in andrer Weise empörend behandelt worden. Der Mastdarm war „ganz ausgeschnitten". (Was heisst das?) Durch die Mündung und durch den ganzen Körper war ein hölzerner Stock hindurchgetrieben bis zur Lunge hinauf. Diese teuflischen Grausamkeiten, wird man sagen, fallen einfach unter das Strafgesetz. Ob sie darunter fallen, dazu begehre ich meinerseits im Namen der Wissenschaft erst eine Vorprüfung. Noch empörendere sind schon als nicht unter das Strafgesetz fallend erkannt worden, weil der Thäter im Augenblick der That unzurechnungsfähig war. Ohne Vorprüfung zu behaupten: „v. Z. war zurechnungsfähig" ist freilich kurz und bequem; gerecht aber ist es nicht. Berliner Zeitungen haben gesagt: „Dass er völlig zurechnungsfähig ist, erscheint nach den Verhören, die mit ihm abgehalten, ausser allem Zweifel." So? die Zurechnungsfähigkeit hat sich bereits herausgestellt? Aber welche? Die gegenwärtige oder die im Augenblick der That? Ist letztere erkennbar aus den Verhören? Und wem hat sie sich herausgestellt? Bisher gehörte die Beantwortung der Zurechnungsfähigkeitsfrage dem wissenschaftlich prüfenden Gerichtsarzt, nicht dem Untersuchungsrichter — oder gar dem Zeitungsberichterstatter. Auf Grund regelrecht geführter Criminaluntersuchung ward am 21. Jan. 1749 hieselbst zu Würzburg die hysterische Nonne Renata Sänger wegen Hexerei enthauptet und nach der Enthauptung verbrannt, nachdem sie die von ihr verübten Zaubereien und Behexungen ohne alle Folter bekannt hatte. Den Juristen des peinlichen Gerichts hatte auch sie sich als „völlig zurechnungsfähig" herausgestellt! Nicht im Traum gedachten sie: „wir begehen einen Justizmord." Doch sehen wir ganz ab von diesem grellen Fall und ähnlichen Fällen, bei denen die Juristen in crassestem Aberglauben befangen waren. Beachten wir nur die folgenden und nachstehende Aussprüche prüfender Gerichtsärzte. Zur Genüge wird sich daraus ergeben: jene „über allem Zweifel erhabene" Zurechnungsfähigkeit, die man aus den Verhören ableitet, hat auch nicht den Werth einer tauben Nuss.

Man wird sich überzeugen, dass ich nicht etwa mich selbst als Auctorität aufdränge. Andren Vertretern der Wissenschaft gebe ich das Wort, und nur solchen, unter denen auch nicht bei einem einzigen Parteilichkeit für den Urning v. Z. vorausgesetzt werden kann. Neben deren Aussprüchen trete meine eigene Ansicht in den Hintergrund.

Zunächst sagt Casper: „Die Gränze ist so äusserst schwer zu ziehen zwischen blossem leidenschaftlichen, aber noch zurechnungsfähigen,

Affect und wirklicher Geistesstörung." (Handb. I. S. 493.)

Ich meinerseits mache auf 4 Puncte aufmerksam:

1. In innigem, noch unerklärtem, Verwachsensein mit dem Geschlechtstriebe erscheinen oft auffallende Monomanien, krankhafte Gemüthsaffectionen, bei denen indess der Geschlechtstrieb selbst in keiner Weise krankhaft afficirt zu sein braucht. (Wie ich denn meines Orts den Geschlechtstrieb des Urnings, wie gesagt, für einen krankhaft afficirten nicht halte.) Diesen Monomanien begegnen wir unter Dioningen, Weibern, Urningen.

2. An einzelnen Individuen gibt es zu Zeiten eine lechzende, wilde Gier, vollkommen zweckloser Weise Grausamkeit zu verüben und Blut fliessen zu sehn, eine Blutgier, welche, wie es scheint, über zurechnungsfähigen Affect weit hinausgeht, welche in den Momenten, in denen sie sich einstellt, dem Individuum auf der Seele zu lasten scheint wie ein dem Reich der Finsterniss entstiegener Incubus.

3. Auch diese Blutgier nun erscheint oft als eine jener krankhaften Gemüthsaffectionen, welche geradem. dem Geschlechtstriebe verwachsen sind. In dieser Form erscheint sie als Gier, Grausamkeit zu verüben und Blut fliessen zu sehen im Augen-

blick des Gipfelpunctes geschlechtlicher Nervenerregung oder kurz nach erfolgter Sättigung, nach plötzlich eingetretner Erschlaffung, und zwar als Gier, diesen Blutrausch zu stillen gerade an dem Wesen selbst, welches leidenschaftliche Begierde entflammt hatte.

4. Psychologisch ist es offenbar von vorn hinein unwahrscheinlich, dass im Zustande ungetrübter Gesundheit der Seele derartig teuflische Schändlichkeiten verübt werden. Dies hat augenscheinlich selbst jener Zeitungsberichterstatter gefühlt, dem es hier doch naheliegend schien, sogleich die Zurechnungsfähigkeitsfrage zu berühren.

Keine auch noch so extreme Handlung wilder Blutgier, die v. Z. verübt haben mag, schliesse ich von meiner Erörterung aus: und hätte er seine Opfer wirklich sogar getödtet oder zu tödten versucht. Wohl aber rede ich nur, wie gesagt, von Handlungen planloser und zweckloser Blutgier, schliesse damit also aus eine Tödtung (Tödtungsversuch), ausgeführt zu dem bewussten Zweck, nach verübter Gewaltthat deren Spur zu verwischen und den gefürchteten Zeugen stumm zu machen, also: eigentlichen Mord und Mordversuch. Da wäre über Zurechnungsfähigkeit nicht mehr zu discutiren. Ob aber, wenn Tödtung oder Tödtungsversuch vorliegt, v. Z. zu bewusstem Zweck handelte oder aus zweckloser Blutgier? das ist meiner Erörterung gegenüber eine Vorfrage, die zu beantworten sein wird aus dem vom Untersuchungsrichter eruirten Beweismaterial, für die aber ihrerseits z. Th. auch nachstehende Fälle vielleicht Anhaltspuncte bieten mögen. Was hier verübt ist, sind brutale **Gewaltthätigkeiten**. Diesen Umstand möchte man vielleicht in Widerspruch stellen mit der den Urningen eigenthümlichen **weiblich weichen Gemüthsart**, als sei dem Urning Gewaltthat zu verüben contra naturam sui generis. Sobald er sie dennoch verübte, möchte man darum geneigt sein, **schon hieraus** auf Geistesstörung zu schliessen. Allein dem halte ich doch 2 Thatsachen entgegen, welche zwar wohl nur Ausnahmen sind, immerhin aber bezeugen, dass Urninge doch auch bei gesunden Seelenkräften der [Gewaltthat fähig sein können.

a. Dem Ackerbauer Joseph Kraft zu Wulzeshofen bei Kornneuburg (Niederösterreich) war naturwidrig ein Weib angetraut. Er ist Urning, entschieden nicht Päderast; wie denn in Deutschland die Urninge nur zum bei weitem geringsten Theile Päderasten sind. Hervortretende Züge der den Urningen eigenthümlichen Weibähnlichkeit sind bei ihm actenmässig constatirt, z. B. weibliche Beschäfftigungen und Lieblingsneigungen. Näheres darüber theilte mir sein Vertheidiger mit, Dr. jur. Dostal zu Wien. Am 8. Febr. 1868 hat er dennoch jene seine Gattin mit seinen Händen erdrosselt. (Erzählt: Memnon II. S. XII.)

b. (Fall 2.) Folgender gewiss äusserst seltene Fall wird mir verbürgt. In einem Walde bei Bergamo (Lombardei) haben 1849 eines Abends 2 italienische Urninge einem, zufällig des Weges kommenden, schmucken österreichischen Soldaten sich mit freundlichen Worten genähert. Derselbe war Deutschösterreicher, von der reitenden Artillerie und mit dem Säbel bewaffnet. Plötzlich haben sie ihm scharfgeladene Pistolen vorgezeigt, die sie versteckt bei sich getragen hatten, und, unter der Androhung ihn auf der Stelle niederzuschiessen, ihn genöthigt (ganz nach Art gemeiner Nothzucht!), dem activen Triebe eines jeden von ihnen Genuss zu gewähren. Der Soldat ward mir mit Vornamen genannt. 1864 soll er im schleswig'schen Feldzuge ehrenvoll gefallen sein. Er war Dioning. Meine Quelle besteht in directer schriftlicher Mittheilung an mich von Seiten eines ehemaligen Cameraden von ihm. Dieser ist Urning, was er nicht ahnte; und diesem hatte er das Erlebniss einst anvertraut.

(Fall 3.) Ein seltsames Spiel des Zufalls will, dass in Berlin bereits früher an einem geliebten Knaben gerade Namens Hanke ein Attentat verübt worden ist (welches freilich anders liegt): directer Mord, ohne Verstümmelung, und

zwar von Seiten jemandes, der geständig war, ihn zuvor wiederholt geschlechtlich missbraucht zu haben, (obgleich er das sehr detaillirt abgelegte Geständniss später widerrief) und der schliesslich für unzurechnungsfähig erklärt ward. Johann Gnieser, 52j., schwächlich, gelähmt, von schwachen Verstandeskräften, bisweilen in „närrischen Ideen" befangen, weichen Gemüths („konnte niemanden leiden sehn") fleissiger Kirchenbesucher, tödtete am 11. Febr. 18.. (etwa 1840—50) den 12j. Knaben Hanke in einem Keller durch 4—5 Beilhiebe, die den Kopf zerschmetterten. Um den Hauklotz im Holzkeller hatte er die Steine eines Dominospiels verstreut, weil er dachte, Hanke, der ihm in seiner kleinen Wirthschaft half, werde sich nach denselben bücken. Als dies auch geschah, versetzte er ihm den ersten Schlag, nach welchem Hanke niedersank, röchelte und stöhnte. Sofort ging er zur Polizei: „Ich habe einen Knaben erschlagen und wünsche nun recht bald hingerichtet zu werden." Zugleich lieferte er den Schlüssel zum Keller ab, worin Leiche und Beil lagen. Das letztemal, als er den Hanke missbrauchte, „kurz vor der That" [Stunden zuvor? Tage zuvor?], habe dieser geschrieen und gedroht, es seinem Stiefvater zu sagen. Aus Furcht vor Verwirklichung der Drohung habe er ihn erschlagen. Nach zurückgenommenem Geständniss will er nur aus Lebensüberdruss ihn getödtet haben, um nämlich rasch und leicht auf dem Schaffot zu sterben. (Früher hatte er in der That bereits einen Selbstmordversuch gemacht, von dem er noch eine Narbe am Halse trug.) 11 Tage vor der That sagte er: „Bald schreiben sie mich „Rentier", bald „Möbelhändler". Wenn das nur nicht der Polizeirath D. erfährt, dass ich zweierlei Titel führe! Sonst lässt er mich abholen."
„Verworrene Reden, die wir nicht verstanden", haben andre nie von ihm gehört, noch bemerkt, dass er „nicht richtig im

Kopfe" sei. Casper: „Dieser Fall ist wieder ein Beweis dafür, wie bei offenbar bestehendem Wahnsinn die nächsten Bekannten ihn nicht erkennen, und mit welch geschickter Prämeditation bis in kleine Details hinein Geisteskranke eine That vorzubereiten verstehn. .... Des Gebrauchs seiner Vernunft ist Gnieser nicht vollständig beraubt. Und so konnte er sehr wohl, wenn auch gebunden und befangen in seinen Gedankenrichtungen, planmässige Vorkehrungen treffen." Gnieser ward in eine Irrenanstalt gebracht, in der er starb. (Casper: Handbuch der gerichtl. Med. 4. Aufl. 1864. Bd. I., S. 487. Casper: Clin. Nov. 1863. S. 299—304.)

Mustern wir jetzt einige Fälle jener mit dem Geschlechtstriebe verwachsenen Grausamkeit. Nehmen wir unsern Ausgangspunct von den Grausamkeiten niedren Grades, wie wir sie zerstreut hie und da mitgetheilt finden. Sehr merkbar wird uns eine Steigerung entgegentreten.

Ein aus älteren Quellen schöpfendes kleines Sammelwerk: „Enthüllungen über Lehren u. Leben der kath. Geistlichkeit" (Sondershausen bei G. Neuse, 1862; S. 73) meldet aus dem J. 1713:

„Magister Julius Pellanda zu Landsberg liebte die Knaben so unbändig, dass er ihnen aus Wollust, wie ein unsinniger, in die Wangen biss."

Ganz dasselbe Martial (11, 71.) vom Urning Tucca, indem er denselben fragt in Bezug auf einen Knaben, den dieser geliebt hatte:

„Nil te dente movent saucia colla tuo"?

Tucca hatte also, um hineinzubeissen, nur statt der Wangen den Hals gewählt. Dass aber von wirklichem Biss die Rede sei, bezeugen die Worte. dente saucia.

Eine Gier, wirklich zu beissen, dürfte der menschlichen Natur in ihrer Gesundheit, auch im Stande geschlechtlicher Erregung, doch fremd· sein.

(Fall 4.) Von guter Hand wird mir folgende Grausamkeit eines Päderasten mitgetheilt. Denselben, eine sehr hochgestellte Persönlichkeit des nördlichen Deutschland, trieb eine unbezähmte Gier, bei dem Act körperlicher Vereinigung sein Opfer absichtlich gewaltthätig und schonungslos zu behandeln. Nur so empfand er dabei wahren Genuss, so dass er dann vor Wonne jauchzte, und zwar um so grösseren, je mehr dasselbe sich unter ihm vor Schmerz krümmte und je lauter es aufschrie. (Vgl. eine noch viel weiter gehende Erscheinung: unten Fall 8. .de Laval de Raiz.) Die Opfer waren hier (im Fall 4.) übrigens nicht Knaben, sondern Soldaten.

Beides, diese Schonungslosigkeit und jenes Beissen, wird immerhin schon einen gar eigenthümlichen Eindruck machen. Mit der Natur des Liebestriebes in seiner Gesundheit wird beides nur schwer vereinbar sein.

Doch gehen wir über zu Grausamkeiten, welche unsrem Falle näher liegen.

Völlig zwecklose Grausamkeiten kommen auch in der gemeinen Liebe vor, vorzugsweise, wie erklärlich, in Fällen geschlechtlicher Gewaltthat, Nothzucht, welche ja ihrerseits vorzugsweise in einem Zustand von Geschlechtsaufregung begangen wird, der an Geschlechts-Wuth streift. So hat z. B. in einem Falle der Nothzüchtiger der genothzüchtigten hinterher einen hölzernen Stock mit Heftigkeit in die Geschlechtstheile gestossen, getrieben von lechzender Gier, Blut fliessen zu sehn, und zwar gerade an diesem Körper Blut zu sehn. Vergleiche hiemit die ganz ähnliche Schandthat im Fall Corny. — Hieher gehören vielleicht auch die „entsetzlichen Umstände" (mir nicht näher bekannt), unter denen 1868 in Hessen-Darmstadt Peter Feuerbach von Ober-Wöllstadt ein 12jähriges Mädchen missbrauchte und ermordete.

Dem gegenüber muss man lächeln über die Naivetät eines niederösterreichischen Gerichtsarztes, welcher den Vorzug blutgierig zu sein gerade den Urningen, und zwar ihnen sammt und sonders, zuspricht. Zu Kornneuburg in der Gerichtsverhandlung gegen den erwähnten Gattinmörder Kraft am 19. Juni 1868 sagte Herr Dr. Alexander Küchler von jenen, welche „geschlechtlichen Umgang pflegen mit jungen Männern": „Derlei

Leute neigen zur Grausamkeit." Diese Stufe der Wissenschaft mögen Samojeden und Pipuhoha's ebenfalls bereits erklommen haben.

Den Gegenstand der Verstümmelungen bildeten in beiden zastrow'schen Fällen, bei Corny und Hanke, gerade die Geschlechtstheile. Bei Corny's Leiche waren die abgeschnittenen Gegegenstände auch nirgend aufzufinden: als habe der Verstümmler sie mit sich genommen! Zur psychologischen Vergleichung gebe ich hiezu 2 Seitenstücke. Ich lasse es dahin gestellt sein, ob der Fall a. vielleicht auch für die vorliegende Zurechnungsfrage von entfernter Bedeutung sein mag.

a. (Fall 5.) In einem etwa 15jährigen Urning war mit erwachender Mannbarkeit das erste Feuer der Geschlechtslust entbrannt, ohne Befriedigung zu finden. In einsamen Stunden zwang ihn die Phantasie, ihren wildesten Gebilden sich zu ergeben. Sie versetzte ihn auf ein Schlachtfeld. In quo campo militi alicui juveni interfecto, formositate ceteros superanti, humi jacenti, membra genitalia abscindere sibi visus est. Einer unbestimmten wollüstigen Gier, die ihn beherrschte, gewährte diese Phantasie eine gewisse Sättigung. Etwa 2 Jahr später fühlte er sich von dem (noch immer unbefriedigt gebliebenen) Triebe angestachelt, einem todten Hirsch, der einem Hausgenossen gehörte, Nachts heimlich membri virilis partem abzuschneiden und das Stück mit sich fortzunehmen. „Bei der wirklich erfolgten Ausführung dieses Wagstückes," erzählte er mir, „war ich in wahrer Wuth. Todesangst trieb mich. Mich überkam ein Zittern und Beben, wie ich nie zuvor erlebt."

b. (Fall 6.) Welche Bedeutung folgendem mysteriösen Falle gebührt, ist unklar, indem daraus weder zu ersehen, ob der Urheber des Verbrechens Urning, noch, welche psychologische Ursache dazu trieb. [Sollte eines eifersüchtigen Dionings Rache vorliegen, so würde der Fall überall nicht hieher gehören. Doch würde dann der verstümmelte selber ohne Zweifel nähere Angaben zu machen vermocht haben. Auch hätte die Süssigkeit der Rache dem, der sie übte, schwerlich gestattet, im Augenblick seines Triumphs das Motiv der Vergeltung schweigend zu unterdrücken.] Der Wiener „Presse" v. 24. Febr. 1869 schreibt man aus Unterkrain, 18. Febr.:

„Am 11. Februar (1869) um Mitttagszeit war der Militairabschieder N. unweit der Ortschaft Klein-Korren auf einem Streuantheil beschäfftigt. Ihm näherten sich 3 unbekannte Männer, durch falsche Vollbärte entstellt, von denen der eine ihm ein grosses Messer an die Kehle setzte und ihm drohte: „Du musst sterben, wenn Du einen

Laut von Dir gibst." Dann schleppten sie ihn einige Klafter weit in ein Gebüsch, wo sie ihm die Kleider abrissen und ihn theilweise entmannten; worauf sie sich mit ihrer Beute entfernten. Die Motive dieses Verbrechens sind unbekannt, selbst dem verstümmelten. Den Thätern wird nachgeforscht. Der verstümmelte schwebt noch in Lebensgefahr. Von der Bildungsstufe unsres Landvolks würde es ein beklagenswerthes Zeugniss ablegen, wenn, wie zu vermuthen, Aberglaube im Spiel wäre."

Bei Entmannungen, die ein Urning verübt, haben wir übrigens ganz verschiedenartige Motive, wenn schon gleichzeitig neben einander vorhanden, von einander zu trennen:

a) einfache Grausamkeit,

b) die Gier, vorhandne geschlechtliche Aufregung an den Geschlechtstheilen zu sättigen,

α) sei es durch eine gerade an ihnen verübte Grausamkeit,

β) oder aber durch deren Aneignung, um sich zu sättigen an ihrem Besitz.

Dioninge pflegen nämlich nicht zu wissen, dass gerade in diesen Theilen eines jungen Mannes aller geschlechtliche Reiz, den er auf einen Urning ausübt, sich concentrirt. (Formatrix §. 8. 9.)

Nunmehr treten wir ein in den geheimnissvollen Kreis jener Grausamkeiten, zu denen die an Hanke und Corny verübten gehören. Ich kann es nicht unterlassen, ihn zu eröffnen mit einem Ausspruch, der mir bemerkenswerth scheint. Abgesehen von den darin vorkommenden dämonologischen Begriffen stimmt diese Anschauung nemlich mit der meinigen vollkommen überein; trotzdem dass sein Verfasser auf ganz andrem Wege zu ihr gelangte als ich: ich auf dem Wege der naturwissenschaftlichen Psychologie, er auf dem der mystischen Dämonologie.

J. v. Görres (Christliche Mystik; Band IV. Abth. II. 1842; S. 460) sagt, unter der Ueberschrift „Die dämonische Blutgier": „Der Zeugungslust ist verwandt, ihre Kehrseite bildend, die Mordlust; beide wecken einen Blutrausch." Zeugungstrieb und Blutgier sind ihm (a. a. O. S. 421) in gleicher Weise „Anknüpfungspuncte dämonischer Rapporte", d. i., in heutiges Deutsch übersetzt, Neigungen, die mit Raserei in Berührung treten können. Er sagt (S. 461. 462): „Die anwachsenden Triebe werden mehr und mehr gegen die Herrschaft des Willens ankämpfen. Zuletzt werden sie seiner Macht sich ganz entziehn. In ihrer Unwiderstehlichkeit werden sie ihren Leibeigenen nun von Gräuel zu Gräuel treiben und endlich die Obsession" (Art von Besessenheit) „hervorrufen.... Die Handlungen, die daraus entstehn, erscheinen als dämonischer Natur. Sie führen aber stufen-

weis auch noch tiefer ein in die dämonische Welt.
Was anfangs Ueberwältigung durch den Affect
war, wird zuletzt Ueberwältigung durch den
Dämon."

(Fall 7.) Es gibt in der That Gemüthsarten, in
denen Geschlechtslust, Blutdurst und Wahnsinn
mit einander verwachsen zu sein scheinen. Dahin
gehört der monströse Jules Marquis de Sâde,
geb. 1740, gest. 1814. Von seinem langen Leben
musste er in Zwischenräumen 29 Jahre in Kerkern
und Irrenhäusern zubringen, in die man ihn seiner
unglaublichen geschlechtlichen Excesse wegen
brachte. Mit lüsterner Sinnlichkeit unerhörten
Grades übte er nämlich, und zwar völlig misch-
weise, Weiberliebe, Männerliebe und missbrauchte
unmannbare Mädchen und Knaben: alles bis zum
Excess und unter den grausamsten Martern seiner
Opfer, die er peitschte, biss und schnitt, in einzelnen Fällen sogar ermordete. Er starb in der
Irrenanstalt zu Bicêtre, in der er, geistesumnach-
tet, im Wahnwitz selbst aber noch stets lüstern
und excessiv, seine letzten Jahre zubrachte. Nachdem er einst in's Gefängniss oder Irrenhaus abge-
führt worden war, liess man in seinem Schlossgarten einen versumpften Teich ab, der die Luft
verpestete. Man fand darin die vollständig nack-
ten, auf einander gebundenen, Leichen eines Knaben und eines Mädchens. Dieselben waren mit

rosaseidenen Bändern, mit denen ihre Haut durchzogen war, gleichsam gespickt, in der Weise, wie man einen Hasen spickt. Es war zu vermuthen, der Marquis habe sie gemissbraucht, lebendigen Leibes so gemartert und dann ersäuft. In Paris hielt er sich, wie man wenigstens behauptete, ein entlegenes Häuschen, in das er Leute hineinlockte, um ihnen ein Stück. Haut abzuziehn. Einem Frauenzimmer, erzählt die Marquise de Crequy in ihren „souvenirs", habe er, gegen das Versprechen einer Geldsumme, unterhalb des Knies die Haut aufgeschnitten und theilweise abgelöst. Auf ihr Geschrei hätten vorübergehende die Hausthür verschlossen gefunden, dieselbe aber erbrochen, worauf er schleunigst die Flucht ergriff. Sie sahen, wie ein Stück Haut noch herniederhing. Später sah die Marquise de Crequy ihn persönlich in Bicêtre, als er mit den übrigen Narren, scheinbar bei vollem Verstande, eine Comödie aufführte.
— Er schrieb 3 vielgenannte Romane: „Justine ou les malheurs de la vertu" (1794), „Juliette" (1798) und „Histoire de Dom Bougre, portier des Chartreux, ou mémoires de Saturnin" (1777). Dieselben enthalten die wahnwitzigsten Ausgeburten blutdürstiger Wollust, verübt an Weibern, Männern, Mädchen und Knaben, und schildern wahrhaft unerhörte Peinigungen und Marterungen, Geisselungen, Morde, bei denen dem Leser die Haare sich

zu Berge sträuben. (Michaud's biographie universelle; Conversationslexica von Brockhaus; Pierer; Meyer; Jules Janin: „le marquis de Sâde;" jene „souvenirs".

Bemerkung. Auch hier, wie bei v. Zastrow, finden wir, verknüpft mit dem Schneiden und andren Grausamkeiten, das Beissen. In dieser Verknüpfung nimmt dasselbe offenbar einen acuteren Character an, als dort, wo es nur vereinzelt auftritt, wie in den Fällen Pellanda und Tucca. In dieser Verknüpfung dürfte es vielmehr geeignet sein, das Gewicht der Gründe zu verstärken, welche für Geistesstörung sprechen.

(Fall 8.) Einem merkwürdigen Seitenstück zu Sâde begegnen wir in Giles de Laval, genannt de Raiz, Marschall von Frankreich, welcher 1440 zu Nantes hingerichtet ward wegen Mordes von Kindern, Sodomie und Zauberei. Im 19. Jahrhundert hätte man vermuthlich auch ihn in ein Irrenhaus gebracht. Raiz hatte sich ausgezeichnet im Krieg gegen die Engländer, gerieth in Geldnoth, suchte Hilfe zunächst von der Alchymie, dann vom Teufel. Seinem Helfershelfer Prelati erschien dieser in Gestalt eines 20jährigen Jünglings und zeigte ihm im Walde einen Haufen Goldbarren, der hernach aber als ein Haufen gelben Sandes sich erwies. So hat Prelati im Gefängniss ausgesagt. Raiz soll ihm, der ihm selber übrigens nie erschien, als erstes Opfer dargebracht haben — — Hand, Herz, Augen und Blut eines getödteten Kindes. (Die Richter inquirirten auf Zauberei. Drohung mit der Folter erzielte gar manches Geständniss!) Constatirter und zugleich wichtiger ist folgendes. Durch ein altes Weib liess er Kinder, Hirtenknaben, Bettlerbuben etc., auf sein Schloss Machecou locken, wo sie stets spurlos verschwanden. „Er ergab sich den schändlichsten Lüsten, die die Einbildungskraft nur ersinnen kann. Mit dieser Lust verband sich eine Blutgier, der Art, dass die Opfer seiner Brutalität nur im Augenblick ihres Todes wahren Reiz auf ihn übten! Mit eigner Hand tödtete er sie. Ihr Geschrei, ihr Röcheln, ihre Convulsionen und Zuckungen ergötzten ihn. In wilder Gier mühte er sich, ihre Qualen noch zu vermehren und zu verlängern. Um diesen Genuss recht zu geniessen, pflegte er sich auf die sterbenden niederzusetzen." (Diese Stelle, die ich bei Görres finde, ist vermuthlich aus Robineau entnommen. S. unten.) Im Thurm von Chantocé fand man eine ganze Tonne voll von Gebeinen seiner Schlachtopfer. Die Gesammtzahl der von ihm getödteten Kinder schützte man auf 150. Klagbar übrigens waren nur 6 ihrer Kinder beraubte Väter. Bei den Richtern war es damals aller Orten üblich, in nicht alltäglichen Fällen stets Zauberei zu wittern. Vor denselben „gestand" er, offenbar auf Suggestion, die Kinder den bösen Mächten geopfert zu haben, insonderheit den Geistern Beelzebub, Belial etc. und jenem Jüngling. (Ob er auch an Mädchen seine Gräuel und Schändungen verübte, ist aus Görres nicht ersichtlich. Nur er war mir zugänglich.) Am 25. Oct. 1440 ward er auf der Magdalenenwiese bei Nantes lebendig verbrannt. Er starb reuevoll und in der Zuversicht, jenen Prelati „im Paradiese wiederzusehn." Dieser Reue wegen ward seine Asche auch in geweihter Erde bestattet. (Die Processacten werden noch heute in Nantes verwahrt. Auszug daraus in der kaiserlichen Bibliothek zu Paris sub nro. 493. — Robineau; histoire de Bretagne; tom. I. 1707; page 614—617. — J. v. Görres; a. a. O. S. 462—466). — Man hatte damals doch die Classiker. Warum beachtete man denn nicht Aristoteles' Wort? „Πᾶσα γὰρ ὑπερβάλλουσα ἀκολασία καὶ χαλεπότης αἱ μὲν θηριώδεις αἱ δὲ νοσηματώδεις εἰσίν." (Aristot. ethic. Nicomach. VII. 5, 5.) „Jede über alles Mass hinausgehende Ausschweifung und Wildheit (Grausamkeit, Gier) ist entweder thierartig oder krankhaft."

Der wirklichen Blutgier steht gegenüber die nur in krankhafter Phantasie vorhandne. Auch von dieser lasse ich hier 3 Beispiele folgen.

(Fall 9.) Eine fast noch merkwürdigere Erscheinung als Laval de Raiz bietet 1613 Maria von Sains, niederländische Nonne im Kloster Yssel. Sie gewährt ein Beispiel von Wahngebilden der Grausamkeit, die man damals indess als wirklich verübte Grausamkeit behandelte, wie es scheint mit geringer Beimischung von geschlechtlicher Sinnlichkeit. In damaliger Zeit, durchdrungen wie sie war vom Glauben an Zauberei und von Zaubereiverfolgungssucht, scheint der Irrsinn gar oft die Form der Wahnidee angenommen zu haben: Zauberer, Hexe, Währwolf etc. zu sein, ähnlich wie in unsren Tagen die Form: „ein Prinz", „der König", „der Messias", etc. zu sein; nur freilich mit dem traurigen Unterschiede, dass man gegen die Wahnidee damals, statt mit Psychiatrie, mit Criminaluntersuchung einschritt. Etwa 1611 denuncirte Maria von Sains sich selber als Zaubrerin und ward verhaftet. 1613 legte sie ein umfassendes Geständniss ab. „Ich habe viele Kinder gemordet. Einige habe ich lebendig ausgeweidet. Die noch schlagenden Herzen zermalmte ich mit den Zähnen und frass sie. Einige briet ich lebendig am Spiess oder sott sie in Töpfen, einige presste ich zu Tode unter Pressen, einige warf ich Löwen und Schlangen zum Frass hin, einigen schlug ich an der Wand den Schädel ein, zog ihnen die Haut ab und zerstückte sie wie zum Einsalzen, einige hängte ich auf am Hals, an einem Arm oder Bein oder an den männlichen Geschlechtstheilen.

Alle opferte ich dem Teufel. Einige hängte ich dem Erlöser zur Schmach an's Kreuz. Die von mir erwürgten, die man begrub, scharrte ich Nachts wieder aus und trug sie in unsre nächtlichen Versammlungen." (Gemeint sind die Hexenzusammenkünfte, der Hexen-Sabbath.) Das Kloster hatte die Clausur, so dass sie dessen Mauern gar nicht verlassen konnte. Löwen und Schlangen aber barg es nicht. Alles war somit nur Phantasiegebilde. Der 70jährige Erzbischof von Mecheln jedoch erklärte auf dieses Geständniss hin feierlich: „Noch nie habe ich einen solchen Abgrund von Sünde, Laster, Verbrechen und Gräueln gesehen, wie an dieser Nonne!" Ohne Zweifel ward sie lebendig verbrannt; wie solches noch weit später auf Geständnisse gleichen Werthes hin üblich war (z. B. bei den „Hexen-Bränden" von 1634 in Würzburg, auch in protestantischen Ländern). Ohne Zweifel starb auch sie „reuevoll"; wie von fast allen verbrannten Hexen gemeldet wird. (Historia de tribus energumenis in partibus Belgic. — Görres; a. a. O. S. 468—470.)

(Fall 10.) Ein Beispiel von Grausamkeit in den Phantasiegebilden einer Monomanie, hie und da, wie es scheint, ebenfalls mit Geschlechtswuth verwachsen, gewähren auch jene Männer, die man einst in Deutschland etc., namentlich aber in Frankreich, als Währwölfe hinrichtete, meist ebenfalls lebendig verbrannte, ganz selten auf Lebenszeit in ein Kloster sperrte oder gar begnadigte. (In Deutschland ward ein Währwolf verbrannt zu Constanz zur Zeit des Huss; der letzte 1603 zu Grenoble.) Es kommen aber auch ganz junge Bursche und Weiber vor. Ohne alle Folter haben sie rückhaltslos ihre Phantasie-Verbrechen eingestanden. Diese seltsamen Geisteskranken glaubten, nachdem sie vermeintlich sich entkleidet, plötzlich Wolfsgestalt anzunehmen, von Wolfshaaren und Wolfszähnen umstarrt zu werden, auf allen Vieren zu schreiten, heulend Feld und Wald zu durchirren, die weitesten Strecken rasch wie der Gedanke sausend zu durcheilen, Flüsse und Ströme in der Luft einherjagend zu überschreiten, fühlten sich dabei stets von Blutgier getrieben, glaubten Kühe und Schafe zu zerreissen, ja selbst Menschen anzufallen und zu zerfleischen, namentlich Kinder und junge Mädchen, den erwürgten Kindern das Gehirn auszufressen, glaubten dann wieder sich unter wirkliche Wölfe zu mischen, mit wirklichen Wölfinnen sich zu begatten. Nicht selten traf es zu, dass gleichzeitig in Wirklichkeit Menschen und Vieh von Wölfen angefallen waren. Diese Thatsache galt dann natürlich als des Geständnisses Bestätigung: und der Währwolf ward zum Tode verurtheilt. Ein Weib, das als Währwölfin in Criminaluntersuchung war, fiel vor den Augen des Gerichts in Ohnmacht. Nach 2 Stunden erwacht, erklärte sie: soeben habe sie in Wolfsgestalt bei der (2 Wegstunden entfernten) Stadt auf der Weide eine Kuh und ein Schaf zerrissen. Das Gericht hatte nichts eiligeres zu thun als nachzuforschen; und siehe da: zu jener Stunde hatte auf jener Viehweide wirklich ein Wolf Kuh und Schaf zerrissen! In den Perioden, wenn sie Wolf zu sein nicht glaubten, bezeigten diese Währwölfe oft eine unbezwingbare Lust, ja auch eine seltene Gewandtheit, wirklich auf allen Vieren zu gehn. Ein junger Währwolf ward belauscht, wie er heimlich die rohen Eingeweide eines Fisches verschlang. Dies war ein 13j. Bursch, den ein gerichtliches Erkenntniss auf Lebenszeit in ein Kloster gesperrt hatte. Auch bekannte er, im Kloster noch immer Appetit auf Menschenfleisch zu haben, namentlich auf das Fleisch junger Mädchen. Kaum 17 Jahr alt starb er. Einst hatte ein Wolf ein Mädchen angefallen, ward aber durch einen Dritten mit einem Knittel vertrieben. Jener 13jährige Bursch erklärte: „Der Wolf war ich!" Obgleich er in der Nähe der That gar nicht gewesen, gab er doch alle Einzelheiten derselben an, unter andrem auch, welchen Ausruf jener Dritte dabei ausgestossen. Die Angabe traf zu. Wo er indess gewesen zur Zeit der That, und in welchem Zustande, ob ohnmächtig oder dgl., ist nicht constatirt.

(Görres a. a. O., S. 472—484.) Hätte es damals in Deutschland und Frankreich nicht noch Wölfe gegeben, schwerlich hätte es damals Währwölfe gegeben. Dann hätte die Blutgier-Phantasie ohne Zweifel andere Formen angenommen.

Die vermeintlichen Währwölfe waren in Wirklichkeit höchst unschuldige Geschöpfe, die keinem Kinde auch nur ein Haar krümmten. Nur von einem derselben, Giles Garnier aus Lyon, wird behauptet, auch in Wirklichkeit habe er Kinder angefallen. Dann muss er eine Natur gewesen sein nach der Art von oben S. 49 unter 2, nicht 3. Er ward hingerichtet zu Dôle 1573. (Görres S. 484.)

Der Glaube an die Existenz wahrer Währwölfe ist uralt und vielleicht Gemeingut aller indogermanischen Völker. Die Römer verdanken ihn sicher nicht der Mythologie der Germanen.

In der jüngeren Edda geben die Asen Loki's Sohne Wali Wolfsgestalt, worauf er seinen Bruder Narvi zerreisst. (Edda, übersetzt von Simrock, 1851; S. 284.) In der älteren Edda, in der ersten Helgakvidha, wirft Gudmundr dem Sinflötli gar verdächtige Dinge vor:

„Du hast im Walde mit Wölfen geschwelgt. Oft sogst du mit eisigem Athem Wunden, bargst dich im Gebüsch. Du warst ärger als Fenriswölfe. An Wolfsgeheul gewöhnt, lagst du im Walde anterm Gebüsch. Du warst Grani's" (vermuthlich eines Wolfes) „Braut. Warst zum Lauf gezähmt und gezügelt. Manche Strecke ritt ich dich."

(A. a. O. S. 132. 133. 401.) Ausdrücklich erzählt von Sinfiötli's Wandlung in einen Wolf die Wolsungasage Cap. 12. 13. Petronius lässt bei Trimalcio's Gastmahl den Niceros erzählen:

„Nachts kamen wir über einen Todtenacker. Mein Begleiter zog seine Kleider aus und legte sie an den Weg. Plötzlich ward er ein Wolf. Heulend lief er in den Wald. Seine Kleider waren Steine geworden. Auf den Tod erschreckt, kam ich Morgens in Melissa's Haus. Sie sagte mir: „„Soeben ist ein Wolf in unser Dorf gekommen und hat unter dem Vieh gewürgt. Unser Knecht hat ihm aber einen Spiess in den Hals geworfen.““ Auf dem Rückwege fand ich dort, wo die versteinerten Kleider gelegen hatten, auf dem Erdboden viel Blut." (D. i. als habe dort ein stark blutender sich etwa angekleidet.) „Daheim aber fand ich meinen Begleiter im Bett liegen: ein Arzt verband ihm den Hals."

(Fall 11.) Eine Dame meiner Familie, welche die Menschenfreundlichkeit und Herzensgüte selber war, plagten Jahre hindurch seltsame Beängstigungen, von Jahr zu Jahr sich steigernd. Diese Beängstigungen überkamen sie z. B. wenn sie ein Kind am Wasser spielen sah. „Es ist mir, als ob etwas in mir wäre, was mich drängte, das Kind in's Wasser zu werfen", sagte sie. Dieselbe Angst überkam sie, als sie einst nahe dem Säugling ihrer Tochter ein Messer liegen sah. Dringend sagte sie zur Tochter: „Nimm das Messer fort! Mir ist, als müsste ich damit deinem Kinde etwas anthun." Einst sagte sie zur Tochter sogar: „Sieh einmal nach, ob an dem Messer auch kein Blut ist. Mir ist, als hätte ich deinem Kinde damit etwas zu Leide gethan." Entsetzt wich jene zurück vor der eignen Mutter. Bemerkenswertherweise wagte letztere das Messer nicht einmal anzurühren! Sie starb, ohne je den leisesten Versuch zu Handlungen gemacht zu haben, deren Gespenst sie so sehr geängstigt. Wahnideen andrer Art hatten nie sie heimgesucht.

Ueber Zurechnungsfähigkeit und Geistesstörung gebe ich hier einige gerichtsärztliche Aussprüche.

1) Casper verlangt zur Zurechnungsfähigkeit jemandes, a) dass er im Stande sei, die Folgen seiner Handlungen und ihren Zusammenhang mit dem Strafgesetz zu übersehn, b) dass er zugleich auch die Macht besitze, dem Andringen eines rechtswidrigen Gelüstes zu widerstehn. (Clin. Nov. 1863. S. 267.) Er sagt: „Der Geisteskranke, bei dem der freie Gebrauch der Vernunft aufgehört hat, ist ebendesshalb nicht mehr im Stande, die eingebornen Leidenschaften zu zügeln durch Vernunft und Sittengesetz. Emancipirt von beidem kommen sie daher bei ihm zum Durchbruch." (A. a. O. S. 249.) [Kann der freie Gebrauch der Vernunft nicht auch auf Augenblicke gehemmt

werden?] „Geistesstörungen verdunkeln keineswegs immer die ganze Sphäre der Intelligenz so, dass sie dem Kranken logisches Denken und Aeussern unmöglich machen. Man sieht Geisteskranke, die klar, ja gewandt und scharfsinnig sprechen, ihre gewohnten Studien fortsetzen etc. und einen moralischen Zwang auf sich auszuüben verstehen, mit dem sie ihre Wahnvorstellungen vor den Augen der Welt verbergen." (A. a. O. S. 273.) „Die psychologische Erfahrung zeigt uns tausend Fälle" (von partiellem Wahnsinn), „die nie die geringste allgemeine geistige Reaction veranlassen. Sie zeigt uns andre, in denen der Mensch durch partiellen Wahn zu Handlungen getrieben wird, die entschieden den Stempel des Wahnsinns tragen." (Vgl. oben Giles Garnier im Gegensatz zu den übrigen „Währwölfen", die Phantasie-Blutgier zu der wirklichen.) „... Wenn die fixe Idee ... auf dem Boden einer Leidenschaft gewachsen ist ..., wenn sie den kranken dann endlich zu einer gesetzwidrigen Handlung hinreisst, die er von ihrem Standpunct aus unternahm: dann ist der Beweis da, dass er aufgehört hatte, über sie die Herrschaft zu führen." (Handbuch I. S. 503.) Sollte es aber nur bleibenden partiellen Wahnsinn geben? nicht auch einen nur augenblicklich erweckten, rasch wieder vorübergehenden, der das Gemüth eines Sâde, eines Laval de Raiz in Fesseln schlägt, einen **Wahnsinn augenblicklicher Wuth?**

2) Dr. med. v. **Kraft-Ebing** sagt (in Friedreich's Blättern für gerichtl. Med., 1864; S. 244): „Die Gerechtigkeitspflege höre auf, den Ergebnissen der Naturforschung die Thür zu verschliessen .... Zu ergründen suche man die Gesetze menschlichen Empfindens und Wollens im gesunden und im kranken Zustande. Die daraus gewonnenen Resultate mache man zum Massstab für die Beurtheilung menschlichen Handelns. ... Wo die Fähigkeit freier Willensbestimmung gehindert ist durch einen **abnormen psychischen Process**, da ist das Individuum **psychisch unfrei.**"

Dass die Zurechnungsfähigkeitsfrage, wo sie irgend zweifelhaft ist, kaum je hinlänglich sorgfältig geprüft werden könne, beweist (wenn schon in andrer Richtung) der Fall des Grafen Gustav **Chorinsky**: den 1868 die Münchner Geschwornen als zurechnungsfähig erkannten, trotzdem dass einige Aerzte ihn für bereits partiell geisteskrank erklärt, ja vorausgesagt hatten, in kurzem werde auch allgemeiner Wahnsinn in ihm ausbrechen, und den man in der That schon wenige Monate darauf wegen inzwischen ausgebrochener Tobsucht von der Festung Rosenberg nach Erlangen in die Irrenanstalt transportiren musste; auf welcher Transportreise er in einer Nacht seine wollene

Schlafdecke von einem Ende bis zum andern zerzupfte und zerkaute. Dies dürfte geeignet sein, für vorliegenden Fall selbst dann zur Vorsicht aufzufordern, wenn bei v. Z. ein derartiger späterer Ausbruch gar nicht zu befürchten sein sollte.

Der zastrow'sche Fall steht in engster Beziehung zur Geschlechtsnatur des mannliebenden Urnings. Dreimal darum seien die erkennenden Richter noch insonderheit **gemahnt und gewarnt**: die hervortretenden psychologischen Fragen nicht den gewöhnlichen Gerichtsärzten anzuvertrauen, die von der Eigenartigkeit dieser Geschlechtsnatur keine Kunde besitzen, niemals Studien über sie gemacht haben, und darum auch z. B. den ererbten, so gefährlichen, Begriff „naturwidrig" noch immer auf sie anwenden. Man würde sonst ja wahrlich Gefahr laufen, Freiheit und Leben eines Angeklagten in den Horizont Alexander Küchler'scher Kenntnisse zu verstellen!

Noch gebe ich hier 4 **Criminalfälle** neuerer Zeit, in denen die Zurechnungsfähigkeitsfrage zur Prüfung stand. Dieselben gestatten Seitenblicke auf den Fall Zastrow.

(Fall 12.) Terror (Pseudonym), Dioning, hatte an einem Schutzmann einen Mordversuch begangen, indem er, völlig oder doch fast völlig unmotivirt, ein geladnes Terzerol auf dessen Brust losgedrückt. Die That trug den Character eines

Tagebücher. Diese bestanden aus einem „wirren, wüsten Durcheinander von Notizen und Phrasen." Er giebt einige Proben. Nach der Trennung von Julius 1847 (an verschiednen Tagen niedergeschrieben): „Wovon ist mir der Mund so ausgeschlagen? Die kleine Katze scheint es zu wissen. Morgen kommt Militair durch; dann will ich mit. Also du wärst wohl gern Soldat?... Er sah, dass ich lächelte.... Du siehst so blass aus! Da ward er roth. Nachtmützen? Ich fahre mit, weil der Mond scheint; und unter dem Tambour sitzt ein Hund. ... Ich habe mich heute zum Kaiser-Franz-Regiment gemeldet." Sie nennt ihn „mes uniques amours, honneur et charme de ma vie." 1849: „Was ist das für ein reizendes Bild! Ich sehe es in diesem Spiegel, wie die untergehende Sonne 2 Menschen bescheint, 2 Menschen, die einander sehr lieb haben. Auf der Kehrseite des Spiegels stand ein Name. Dann hörte ich noch einmal die geliebte Stimme; aber ich sah ihn nicht mehr." 1855: „Es war ein grässliches Chaos in meinem armen Kopf." (Clin. Nov. Fall 34. Aidoiomanie.) Auch hier finden wir also Wahnideen verwachsen mit der, vielleicht lange gewaltsam unterdrückten, geschlechtlichen Liebe. So gut dieselben aber chronisch vorkommen können oder extensiv und gedehnt, ebenso gut ist dies offenbar auch acut denkbar oder intensiv und concentrirt. In Augenblicken erregten Geschlechtstriebes und erwachten Blutrausches wird man daher auch bei Naturen von der Art der Sâde und Laval de Raiz sicherlich ein „grässliches Chaos in meinem Kopf" vermuthen dürfen.

(Fall 15.) Im Dorf Büttelborn bei Darmstadt ereignete sich 1868 ein Criminalfall, den ich anführe wegen 3facher Beziehung zu dem Fall Zastrow: a) mit dem Geschlechtstrieb verwachsene Monomanie (dieser Punct ist hier freilich nicht vollständig constatirt), b) Prüfung und Entscheidung der Zurechnungsfähigkeitsfrage, c) — Novum! — einseitige Parteinahme des Publicums gegen den Angeklagten und Einmischung in den Ausspruch der Gerichtsärzte. — Dort lebte der vermögende Krautbauer Peter Rusticus (Pseudonym); geschildert als „ungemüthlich" und verschlossen, für „heimtückisch" gehalten, als protestantisch-pietistischer Fanatiker; Urning, nicht aber Päderast. Ueber ihn wird mir folgendes mitgetheilt. Seinen Liebestrieb befriedigte er am Körper eines jungen Burschen in der bei den Urningen gewöhnlichen Art, d. i. in der Umarmung Brust an Brust, ohne Eindringen in den Körper. Ihn trieb aber das schwer glaubliche, freilich auch wie es scheint nicht völlig constatirte, Gelüst, dass er zum Liebesgenuss von seinem Geliebten forderte, nudato corpore auf einem aufgeschlagenen Altarbuche zu liegen. Nicht genug! Das Altarbuch (Messbuch, Bibel etc.) musste aus einer Kirche oder Sacristei gestohlen sein, und zwar je zu einmaligem Gebrauch. Welch eine Ideenverknüpfung! Nicht weniger als 20 derartiger Bibelentwendungen ward er überführt, nach andrer Mittheilung sogar 32, verübt fast sämmtlich durch gewaltsamen Einbruch. Verhaftet und zu Darmstadt 1868 vor das Schwurgericht gestellt, ward er freigesprochen: von „naturwidriger Unzucht" wegen Mangels genügenden Beweises, vom Kirchendiebstahl aber wegen mangelnder Zurechnungsfähigkeit. Er ward in Freiheit gesetzt. Es dauerte aber nicht lange, so hatte er sich mehr als verdächtig gemacht, schon wieder eine Anzahl von Bibeln etc. aus Kirchen sich angeeignet zu haben. In Folge dessen ward er im Jan. 1869 abermals verhaftet, sehr bald indess abermals auf völlig freien Fuss gesetzt: während es allerdings vielleicht das richtigere gewesen wäre, ihn einer Irrenanstalt zu überliefern. — Das Schwurgericht erklärte ihn für nicht strafbar, weil er die Strafbarkeit seiner That nicht erkannt habe. Dieser Spruch stützte sich auf ein kreisärztliches Gutachten, welches verschiedene „verkehrte Streiche" constatirte, die er schon früher ausgeführt. Die Richtung seiner Diebsgelüste auf einen für das Leben so unbrauchbaren Gegenstand, wie jene

Bücher es sind, wird als „unbegreiflich und ganz abnorm" bezeichnet. Das Gutachten schliesst danach auf eine „unglückliche Neigung zu dergl. Handlungen, die der Wille nicht vermocht hat zu bezwingen."

Mit diesem Gutachten war das Publicum durchaus unzufrieden. Die Freisprechung machte böses Blut. Man war förmlich ausser sich. „Heisst das nicht", fragte man, „dem Verbrechen überhaupt einen Freibrief ertheilen?" Die Entrüstung galt aber wohl weniger den vorgeschützten Mängeln des Gutachtens, als vielmehr der Enttäuschung, herbeigeführt durch eine Freisprechung dessen, der Männer geliebt hatte! Hinc illae irae!

Um so lauter fordre ich ungebeugtes Recht für Urninge und selbst für Päderasten. Ich kann nicht umhin, dem „Volke" das Verdict zuzutrauen „„„Der Angeklagte ist Päderast: darum „schuldig!" sans phrase."" Nicht zum ersten Mal in der Geschichte würde das Recht gebeugt worden sein durch die rohe Gewaltthätigkeit der Volksmeinung. In welchem Grade insonderheit gegen v. Z. die Volksmeinung Berlins gewaltthätig ist, zeigen die Zusammenrottungen des Pöbels, welche vor seinem Gefängniss, wie Zeitungen berichtet haben, zu dem ausgesprochenen Zweck erfolgten: ihn, „den man ja aus der Untersuchung in ein Irrenhaus bringen wolle", mit Volkshänden an den nächsten Laternenpfahl zu hängen. Das zeigt ferner die Berliner Presse, welche die vorhandene blinde Wuth noch bis heute mehr anstachelt als zügelt. Nach solchen Vorgängen dürfte eine warnende Stimme gar sehr am Orte sein, dass das Recht nicht gebeugt werde, weder vor dem Geschrei des Pöbels, welcher lechzt, an dem Päderasten Lynchjustiz zu üben, noch vor dem der sog. Gebildeten, welche „entrüstet" sein würden, sollte das Gericht in seiner unantastbaren Unabhängigkeit „über solch einen Menschen!" ein unerwartetes Urtheil fällen. Die Gefahr ist da!

Drum, Themis, jungfräulich und rein,
Hüte dich fein:
Heut wird dein Kränzlein gefährdet sein!

v. Zastrow soll beantragt haben, vor das Schwurgericht zu Brandenburg gestellt zu werden wegen in Berlin zu befürchtender Voreingenommenheit. War je, nach sittlicher Gerechtigkeit, ein Antrag begründet, so dürfte dieser es sein. Wer wird denn nach dem obigen noch zu entscheiden wagen, ob nicht Berliner Geschworne, indem sie des Gerichtssaals Schwelle überschreiten, ein jeder einen Strick für ihn schon fertiggedreht in der Tasche tragen werden? Doch käme er in Brandenburg wohl nur aus der Dachtraufe in den Landregen. Wirkliche Gerechtigkeit ist, meines Ermessens, nur dann ihm gewährt, wenn die Bank im Saal zur Hälfte von Geschwornen besetzt ist, welche Garantien bieten, dass sie nicht blinden Hass gegen die Person des Angeklagten in die Verhandlung mitbringen, d. i. aber zur Hälfte von Urningen. Eine begründete Forderung wird durch keine „Unthunlichkeit" zur unbegründeten.

— Unter den erwähnten Personen, die gerichtsärztlich für unzurechnungsfähig erklärt wurden, begegnen wir bei mehreren, nicht bei allen, verschiedenen Absonderlichkeiten aus ihrem ruhigen, alltäglichen Leben: bei Gnieser närrischem Geschwätz, bei Rusticus verkehrten Streichen, bei Terror Reimereien crassesten Unsinns, bei Ulrike von Reinikendorf einem wirren, wüsten Chaos aufgezeichneter Notizen und Phrasen. Nicht z. B. bei Vogt, auch nicht bei dem Marquis de Sâde. Bei Vogt stellte sich das Spielen mit Puppen und Läppchen ja erst nach dem Gutachten ein. Auch bei Graf Gustav v. Chorinsky stellten sich die Absonderlichkeiten erst ziemlich lange nach der Münchener Gerichtsverhandlung ein, in welcher ihn einige Mediciner für bereits partiell geisteskrank erklärt hatten. Bei Sâde beruhte die Wahnsinnigerklärung lediglich auf der Wahnsinnigkeit und Zwecklosigkeit seiner blutdürstigen Grausamkeit, bei Vogt auf der Wahnsinnigkeit seiner grobsinnlichen und mit Mordsucht verwebten Handlungsweise, d. i. auf jenem selbstständigen Moment, welches z. B. bei Rusticus in der Wahnsinnigkeit und Zwecklosigkeit seines Bibelgelüstes bestand. Es drängt sich daher die Frage auf:

ob nicht auch v. Zastrow für unzurechnungsfähig zur Zeit der That zu erklären sei lediglich auf Grund der Wahnsinnigkeit und Zwecklosigkeit seiner blutdürstig-wildgrausamen Handlungsweise?

Wichtig, wennschon nicht massgebend, wäre es daneben, auch bei v. Z. aus seinem alltäglichen Leben Absonderlichkeiten zu constatiren. Dabei dürfte es bemerkenswerth sein, dass jemand, der ihn kennt, mir folgendes über ihn schreibt (ganz unprovocirt, nämlich lediglich, um mich von Veröffentlichung gegenwärtiger Schrift abzuhalten):

„Paris, 4. März 1869. ... Die Zurechnungsfähigkeitsfrage wird wohl auch ohne Ihr Zuthun geltend gemacht werden, und zwar aus den verschiedensten Gründen. Wer ihn kannte, ja nur einmal sah, wusste, dass er halb quatsch war."

Aus den angeführten Fällen glaube ich noch folgendes Ergebniss abstrahiren zu dürfen:

Bei einzelnen Individuen scheinen krankhafte Gemüthsaffectionen möglich zu sein — sei es dauernde, sei es nur Augenblicke lang währende, und mögen nun eigentliche Wnideen haneben ihnen vorhanden sein oder nicht — in denen das Individuum zu Handlungen wilder Grausamkeit und Blutgier durch unwiderstehlichen innern Drang gezwungen ist. [Gleichwie in andern Fällen: dazu gezwungen zu sein nur wähnt.] Diese Zustände scheinen Aehnlichkeit zu haben mit jenem Entsetzen erregenden Krankheitszustande, in welchem sich der vom tollen Hund gebissene befindet. Namentlich scheint auch das Bewusstsein ebenso wenig durch solche Affectionen aufgehoben zu werden, wie durch die zum Ausbruch gekommene Wuthkrankheit des gebissenen. Mag man dieselben nun Wahnsinn nennen oder nicht: eine Verantwortlichkeit für Handlungen, die aus ihnen hervorgehn, scheint in gleichem Masse ausgeschlossen, wie für das Umsichbeissen des gebissenen, mag das Individuum auch mit vollem Bewusstsein gehandelt haben. In beiden Zuständen scheint die innere Freiheit zu handeln oder nicht zu handeln in gleichem Grade aufgehoben zu sein.

Von den an Hanke und Corny begangenen Schandthaten erscheinen als vollkommen zwecklos-grausam das Beissen und das Durchspiessen mit dem Stock, als geschlechtswüthige Raserei insonderheit das Abschneiden der Genitalien von gerade diesen lebenden Körpern. Desshalb dürfte eine Prüfung dringend geboten sein:

ob nicht auch v. Z. unter dem unwiderstehlichen innern Zwange jener wuthähnlichen Gemüthsaffection gehandelt habe? Hiemit ist die Aufgabe, die ich mir stellte, erschöpft. Gelöst habe ich sie, so weit sie zu lösen war mit dem Material, das mir zu Gebote stand.

Würzburg,
Feb., März u. Apr. 1869.

Karl Heinrich Ulrichs.

Anhang.

1. Der Eindruck des Falls Zastrow auf die Berliner Bevölkerung muss ein überwältigender gewesen sein. Mündlich vernehme ich darüber haarsträubendes. Im Volksmund haben sich bereits 2 neue Ausdrücke eingebürgert: „ein Zastrow", d. i. ein Urning, aber in dem Verständniss, als sei jeder Urning von teuflischer Blutgier besessen, sodann (urnisch vergewaltigen) „zastriren". „Ich werde dich zastriren" soll z. B. förmlich Casernenausdruck geworden sein. Der Hass gegen „die Zastrows" hat so völlig alle Fessel gesunden Menschenverstandes abgeworfen, dass er schon beginnt auf die Dioninge selber zurückzufallen. In Kaffeehäusern und Concertsälen genügt es, jemandem halblaut in's Ohr zu raunen: „Jener Herr dort ist ein Zastrow": um innerhalb weniger Minuten einen Scandal hervorzurufen, gegen den es für den bezeichneten, sei er Urning, sei er Dioning, Rettung nicht giebt. Ein Rathsherr aus Freienwalde, Dioning, war mit der Bahn angekommen. Ein

Strolch, dem vielleicht bei ihm eine Bettelei misslungen war, rief ihm nach: „Das ist ein Zastrow!" worauf in wenig Minuten ganze Schaaren des Berliner Pöbels ihn insultirend umringten. Herbeieilende Polizeibeamte wurden mit einem vollständigen Histörchen empfangen, welches inzwischen von der schöpferischen Gesammtphantasie hervorgezaubert war. Er aber ward — geschützt? o nein! — als eines „Zastrow"-Attentats verdächtig einstweilen verhaftet! Die liberalen Blätter Berlins schrien jetzt über Gefährdung der persönlichen Freiheit. O! o! Hatten sie doch selbst zur Erregung der Volkswuth, die sich und die Polizei belog, redlich das ihrige beigetragen!

2. Mir wird mitgetheilt, die Berliner Polizei führe geheime Listen und fortlaufende Personalnotizen über mehr als 2000 in Berlin wohnende Urninge. Danach wäre meine obige Ziffer für Berlin (Vorbemerkung 2) denn freilich viel zu niedrig gegriffen. Wären die beiderseitigen Zwecke nicht ein wenig verschieden, so könnte ich aus den chiffrirten Personalnotizen, die ich führe, jene vielleicht hie und da ergänzen. Als einzige Erkenntlichkeit würde ich mir dafür erbitten Befriedigung einer kleinen Neugier: ob jene Listen ebenso hoch hinaufreichen als diese?

3. Jener Augsburger Priester ist der 53j. Domvicar Max Griot, Ceremoniarius des Bischofs

von Augsburg. Man hat doch noch Untersuchung über ihn verhängt, freilich nicht wegen Verführung 12—16j. Individuen, denn dazu hätte es des Antrags des Vaters bedurft, sondern nur wegen (fahrlässiger) Erregung von Aergerniss durch Vornahme geschlechtlicher Handlungen an einem öffentl. Ort. Das Punschzimmer der Conditorei ist also als zur Zeit „öffentlicher Ort" betrachtet worden. (Ueber „öffentlicher Ort" und über Aergernisserregung durch blosse Fahrlässigkeit vgl. Glad: fur.: S. 28. 29.) Am 5. Mai 1869 ward er vom Bezirksgericht Augsburg zu 8tägiger Festungsstrafe verurtheilt. Als mildernd ward anerkannt „Aufregung durch Punschgenuss". Durch 5 Zeugen wurden die Einzelheiten erwiesen. Die Fahrlässigkeit scheint allerdings stark gewesen zu sein! Münchner „Neueste Nachrichten" v. 30. April 1869: „Griot, der schon seit 20 J. Knaben erzieht, wird vor Gericht Aufklärung geben über seine Erziehungs-Methode!" Das gleichfalls liberale „Augsburger Anzeigeblatt" v. 6. Mai, indem es sich weidet an der schimpflichen Verurtheilung eines kath. Geistlichen, sagt: „Es ist zu wünschen, dass solche Heuchler jederzeit entlarvt werden." 100 gegen 1 kann man wetten, dass solchen Artikeln nie jene Würze fehlen wird, welche das Wort „entlarven" ihnen verleiht! [Geschlechtshandlungen mit schutzlosen und schutzbedürftigen unmannbaren Knaben werde ich übrigens nie, nie! mildernd darstellen, und wären es, wie vermuthlich gerade hier, auch nur unbedeutende Berührungsspielereien. Eines Knaben Keuschheit sei jedem erwachsenen ein Heiligthum. Die Verurtheilung ist Nebensache, die That unverzeihlich. Ich beklage ihn, der sie beging, und den Trieb, der zu ihr stachelte. Wären nicht obige und andre Blätter so rücksichtslos gewesen den Namen zu bringen: Ich würde, wen ich nicht zu vertheidigen vermag, Anstand nehmen zu nennen. — Der Urning soll eben seine Triebe zügeln!]

4. Zu den **liberalen** Parteien, welche in ihrer Mitte einen Urning hegen, gehörte 1848—50 auch die Bremer Democratie. Der Urning Johannes Rösing, aus angesehener alter Patricierfamilie, war einer ihrer Hauptführer. — Gegenüber gehört in die Reihe noch jener pietistische Kaufmann zu Minden, welcher „entlarvt" und am 11. Feb. 1868 dort verurtheilt wurde. Memnon S. 109.

5. Auch schon bei Petronius kommt urnische **Vergewaltigung** vor. (S. oben Bergamo.) Ascyltus zückt gegen den jungen Giton das Schwert und ruft: „Willst du Lucretia spielen, so finde an mir deinen Tarquinius!"

6. Meine **naturwissenschaftliche Theorie**, wie ich sie am genauesten in Memnon niedergelegt, ist diese:

Das Geschlecht der Seele des Urnings ist weiblich. Sie ist eine anima muliebris virili corpore inclusa. Nur freilich ist ihre Weiblichkeit durch Influenzirung eben des männlichen Körpers, dem sie angehört, in einzelnen Stücken mannähnlich gemacht. Sie hat, ihrem Wesen nach weiblich bleibend, hie und da gleichsam männliche Färbung angenommen. Professor Geigel glaubt mich zu widerlegen, indem er sagt: „Unmöglich! Körper und Seele bilden zusammen nur ein einheitliches Wesen." Wesentlich ebenso hat sich über meine Theorie kürzlich auch der Philosoph Frauenstädt zu Berlin gegen einen meiner dortigen Correspondenten mündlich ausgesprochen; ohne dem Uranismus damit freilich, wie er ausdrücklich hinzugesetzt, das Angeborensein bestreiten zu wollen. Der Einheitlichkeit des Menschen aber bin weder ich je entgegengetreten, noch wird mit ihr meine Theorie auch nur angerührt. Gewisse Bestandtheile des einheitlichen Menschen sind weder messbar nach Längenmaass, Quadratzoll oder Cubikfuss, noch nach Pfund und Loth wägbar: Denkvermögen, Gedächtniss, Willenskraft, das Vermögen Entschlüsse zu fassen, Leidenschaften, Neigungen, Gemüthsart, das Gefühls- und Empfindungsleben, geschlechtliche Liebessehnsucht und geschlechtliches Sinnen-Begehren. Die Gesammtheit dieser gleichartigen, weil unmessbaren und unwägbaren, Dinge nenne ich „Seele". Dieselben nun sind zwar beim Manne sowohl wie beim Weibe vorhanden, aber so, dass sie dort und hier ihrer Art nach vielfach wesentlich von einander abweichen. Besonders merkbar weichen ab Gemüthsart, Neigungen, Liebestrieb. Mannes u. Weibes Liebestrieb stehen diametral einander gegenüber, namentlich in dem, was Anziehung ausübt, (dort nur ein Weib, hier nur ein Mann) und, in der Art des Sinnenbegehrens (dort activisch, hier passivisch). Demnach darf ich reden von einem Geschlecht der Mannesseele und der Weibesseele. Während nun des Urnings Körper männlichen Geschlechts-ist, ist das Geschlecht seiner Seele, so räthselhaft dies erscheinen mag, gleich dem der Seele des Weibes weiblich, mit den aus jener Influenzirung hervorgehenden Abweichungen, z. B. vom rein passivischen Sinnenbegehren. Dies glaube ich an der Welt der thatsächlichen Wirklichkeit erschöpfend nachgewiesen zu haben (z. Th. schon in Inclusa und Formatrix). Diese Beweisführung selbst hat auch noch niemand beanstandet. Männlicher Körper u. weibliche Seele sind im Urning [ebenso in der Urnigin weiblicher Körper und männlicher Seele] zu einem einheitlichen Menschen untrennbar verbunden. Das Wesen des Urnings [und der Urnigin] ist: geschlechtlicher Dualismus innerhalb der Einheitlichkeit des Individuums, Hermaphroditismus in dem Gegensatz von Seele zu Leib. Sobald etwas aber ist, so hat der Einwand „es kann nicht sein" den Werth einer tauben Nuss. — Zudem steht die vorhandene Thatsache auch vollkommen in Einklang mit jenen Keimen, mit denen jeder Embryo ausgerüstet ist. Memnon §§. 3—12. §§. 73—80.

7. Berliner „Börsenzeitung" v. 20. Feb. 1869 schreibt: „Die Forderung, die . . . Ulrichs sehr beharrlich, namentlich auch auf dem Juristentage, vertreten hat, dass nämlich §. 143 unsres Strafgesetzbuchs ausgemerzt werde, hat bei den Redactoren des norddeutschen Bundesstrafgesetzentwurfs Berücksichtigung gefunden. Eine jenem §. 143 entsprechende Bestimmung ist in denselben nicht aufgenommen worden." „Börsenztg." v. 5. März enthält die von mir unterzeich-

nete Erklärung: „... Wenn es mich mit hoher Genugthuung erfüllt hat, dass jene Redactoren meiner Forderung: urnische Geschlechtsliebe (unter erwachsenen) für die Zukunft straffrei zu erklären, gerecht geworden sind, so ist meine 2te Forderung damit allein noch nicht erfüllt: die zahlreichen Urninge, welche wegen ihrer Geschlechtsliebe gegenwärtig in Kerkern gehalten werden, der Freiheit zurückzugeben. Ist jene Forderung begründet, so muss auch diese es sein."

Würzburg, Mai 1869.

K. H. Ulrichs.

Aufforderung.

Wer sich an mich zu wenden wünscht, wolle entweder direct mir schreiben (nach Würzburg) oder die Vermittelung der Verlagsbuchhandlung in Anspruch nehmen. Auch auf Briefe ohne Unterschrift werde ich (an eine zu benennende Postrestant-Adresse) antworten, sobald die Nichtnennung des Namens gerechtfertigt erscheint.

Würzburg, 11. Mai 1869.

Karl Heinrich Ulrichs,
k. hann. Assessor a. D.